황룡난신

FANTASTIC ORIENTAL HEROES
일황 新무협 판타지 소설

황룡난신 2

일황 新무협 판타지 소설

초판 1쇄 찍은 날 § 2012년 1월 9일
초판 1쇄 펴낸 날 § 2012년 1월 16일

지은이 § 일 황
펴낸이 § 서경석

편집부장 § 권태완
편집책임 § 박우진

펴낸곳 § 도서출판 청어람
등록번호 § 제1081-1-89호
등록일자 § 1999. 5. 31
어람번호 § 제2-2195호

주소 § 경기도 부천시 원미구 심곡2동 163-2 서경B/D 3F (우) 420-822
전화 § 032-656-4452 팩스 § 032-656-4453
http://www.chungeoram.com
E-mail § chungeoram@chungeoram.com

ⓒ 일황, 2012

ISBN 978-89-251-2742-2 04810
ISBN 978-89-251-2740-8 (세트)

※ 파본은 구입하신 서점에서 교환하여 드립니다.
※ 저자와 협의하여 인지를 붙이지 않습니다.
※ 이 책은 도서출판 청어람과 저작자의 계약에 의해 출판된 것이므로,
   무단 전재 및 유포·공유를 금합니다.

황룡난신 荒龍亂神

일황 新무협 판타지 소설
FANTASTIC ORIENTAL HEROES

目次

제1장	두 다리 됐다가 구걸할 때 쓸 건 아니잖아?	7
제2장	걱정 마. 잘 때리면 네가 이겨	23
제3장	내 가슴에 대못이 박혀서	47
제4장	어디서 이런 미친놈이 튀어나왔는고	63
제5장	저건 미친놈이다	83
제6장	다음에 또 저런 새끼 들어오면 양물을 잘라 버릴 거야	119
제7장	그 입을 세로로 찢어주지	145
제8장	내가 황룡문의 문주야	169
제9장	당신 노망났어?	197
제10장	젠장. 역시 구타는 집단이 제 맛인데	215
제11장	네 내공이 많은지 내 내공이 많은지 해보자	237
제12장	놀랍게도 그녀의 나이는 무려 여섯 살입니다	263

第一章 두 다리 뒀다가 구걸할 때 쓸 건 아니잖아?

황룡난신

잠에서 깨어난 자운이 늘어져라 기지개를 폈다. 온몸에서 우두둑 하며 뼈 소리가 나고, 자운이 시원하다는 표정으로 침상을 털고 일어났다.

"으아! 이제야 좀 살 거 같네."

잠이 보약이라는 말, 헛소리는 아니었나 보다. 자리에서 일어난 자운의 배에서 꼬르륵 소리가 울렸다.

"그러고 보니 몇 끼나 안 먹은 거지?"

자운이 처소의 문을 열고 밖으로 나갔다. 어둠이 깔리지는 않았으나 붉은 노을 너머로 어둠이 천천히 다가오고 있는 것으로 보아 이제 저녁때. 아침에 돌아왔으니 두 끼를 굶은 것이다.
 자운이 자신의 배를 가볍게 두드렸다.
 "아아, 두 끼나 굶었다. 배고프다."
 그리고는 코를 벌름거려 냄새를 맡았다.
 "밥 냄새가 나는 걸 보니 밥 준비를 하고 있는가 보구나."
 자운이 싱긋 미소를 지었다.
 그가 처소를 벗어나 천천히 걸음을 옮기기 시작한다.
 "자, 밥 먹기 전에 그럼 우리 꼬맹이 두 놈이 뭘 하는지나 알아볼까?"

 그 시각, 우천과 운산은 논검 비무를 하고 있었다. 아침에 일어나서는 내공 수련을 하고, 점심때는 검술 수련을 한다. 그리고 저녁에 이르러서는 이렇게 논검 비무를 하며 무공을 훈련하는 것이었다.
 물론 이 논검 비무는 자운이 하도록 한 것이다. 논검 비무는 의념 수련에 앞서서 꼭 필요한 것이었다.
 검술이라는 것이 연습만으로 되는 게 아닌 만큼 실전 경험이 필요하다.
 실전이라는 것은 비무와 달리 쉽게 할 수 없는 것이다. 그것을 대체하기 위한 것이 의념 수련이었는데, 그것은 고도의 집중력과 상대를 자신의 앞으로 불러낼 수 있는 정신력이 필요하기 때문에 미리 논검 비무로써 기초를 다지는 것이다.

"전 이렇게 공격하겠습니다."

우천이 황룡문의 초식 하나를 백지 위에 주욱 그었다. 먹 선이 생겨나고, 그 먹 선은 그대로 운산을 찔러들어 갔다.

운산이 붓을 받았다.

"난 그럼 이렇게 하지."

그가 붓을 주르륵 그었다. 방어를 위한 초식이 선행되고, 뒤이어 몸을 틀면서 그대로 먹 선이 우천을 향했다.

방어 후 공격으로 전환한 것. 공세의 갑작스러운 전환에 우천이 붓을 받으며 생각에 빠졌다.

"으음."

쉬이 이 상황을 빠져나올 방법이 보이지 않았던 것이다. 다시 공격을 하자니 운산은 언제든 방어로 돌아갈 수 있는 경로를 취했다. 피하자니 변초가 올 것이다.

그렇다고 막아내려고 해도 마땅한 초식이 없다.

우천이 한숨을 쉬며 붓을 내려놓았다.

"하아, 제가 졌습니다."

그가 붓을 내려놓는 순간, 우천의 붓을 빼앗아 드는 사람이 있었다.

"나라면 이렇게 하지."

대번에 붓을 종이 위에 휘갈긴다. 한데 그 초식이 엉성하기 그지없다.

방어를 위한 초식을 펼쳤는데 엉성함이 보였다. 이대로라면 치명상은 피하더라도 몸에 상처를 입는 것은 벗어날 수 없을 것이다.

"대사형!"

운산이 자운을 보고 소리쳤다. 운산의 말에 자운이 웃었다.

우천은 자운이 그린 검로를 천천히 내려다보았다.

"하지만 이렇게 되면……."

우천의 말에 운산이 고개를 끄덕였다. 그리고는 먹이 묻은 붓으로 우천의 몸에 선을 그어내리기 시작한다.

팔과 다리에 순식간에 생겨나는 먹 선. 그 먹 선을 보고는 자운이 고개를 끄덕거렸다.

"순식간에 이런 칼자국이 생기겠지."

그렇다. 자운이 지금 그린 것은 칼자국이었다. 그것도 자운이 그린 초식을 펼쳤을 때 생겨나는 칼자국. 그것을 알면서도 이런 초식을 권했다는 말인가?

우천이 눈으로 그렇게 물었다.

자운이 손으로 우천의 머리를 쥐어박았다.

"이놈아, 논검 비무라고 해서 내가 진짜 비무처럼 하라고 했냐, 실전처럼 하라고 했지? 실전에서는 모든 공격을 완벽하게 막아내거나 피할 생각을 하지 마라."

자운이 종이를 북북 찢었다.

"지금 너희가 한 건 실전이 아니야."

말 그대로 비무일 뿐이다.

"따라 나와. 내가 실전 비슷한 걸 조금만 보여주지."

자운이 그들을 이끌고 간 곳은 시장이었다. 시장 특유의 냄새가 물씬 밀려왔다. 색색들이 옷을 차려입고 가면을 쓰고 연기를 하며 공연을 하는 곳도 있었고, 잡다하게 물건을 파는 곳도 있었다.

사람들의 얼굴에는 활기가 있었으며, 가격 흥정하는 소리가 여기저기서 들려온다.

심지어는 재주를 부리는 곰도 있었다. 흥미를 잡아끄는 많은 것들이 있었지만, 자운은 그 모든 것을 무시했다.

평소라면 한 번쯤 물끄러미 바라보다 갈 만한데 그냥 지나친 것이다.

운산과 우천은 자운이 어디로 가는지를 알 수 없어 멀뚱히 바라보고 있었다.

걸음을 옮긴 지 일각. 자운이 걸음을 멈춰 선 곳에는 사람들이 웅성거리며 시선을 집중하고 있었다.

자운이 앞장서서 길을 열었고, 우천과 운산이 주변 사람들에게 사과하며 자운을 따라 들어갔다.

그리고 자운의 걸음이 뚝 멈췄다.

으르릉—

동물이 우는 소리가 들린다. 자운은 그 동물을 무심히 바라보고 있었다.

철창 속에서 서로를 마주 보고 있는 두 마리의 동물. 자운의 시선이 흔들림없이 둘을 향했다. 무언가 하고 보던 운산이 그것의 정체를 말했다.

"투견… 아닙니까?"

그의 말에 자운이 고개를 끄덕였다. 두 마리의 투견은 서로를 노려보며 위협을 하고 있었다. 하나 둘 다 쉽게 달려들지 않는다. 서로의 목에 이빨을 박아 넣을 만한 틈을 찾지 못한 것이다.

얼마나 시간이 흘렀을까. 둘이 움직이지 않자 주변의 사람들은 초조해하기 시작했다.

그러기도 잠시, 먼저 움직인 것은 흑견(黑犬)이었다. 흑견이 침을 흘리며 백견(白犬)을 향해 다가갔다.

덩치로 보아 흑견이 조금 더 거대하고 근육이 탄탄했다.

많은 사람들은 흑견의 승리를 점치고 흑견에 돈을 걸었다.

흑견이 다가가자 백견이 조금씩 물러서기 시작한다. 기 싸움에서 이겼다고 생각한 흑견이 고개를 들고 백견을 향해 질주했다.

크르릉—

대번에 뛰어올라 백견의 목을 노리는 흑견. 백견이 몸을 웅크렸다. 그리고 흑견의 이빨을 피하기 위해 움직였다.

그것을 알기라도 했다는 듯 흑견이 곰과 같이 큰 발을 들어 백견을 내려쳤다.

캐엥—

그 발에 맞은 백견이 뒤로 미끄러졌으나 쓰러지지는 않았다. 지지 않겠다는 의지. 그 의지가 백견의 조금 작은 체격에서 느껴졌다.

많은 사람들이 흑견의 우세에 환호성을 질렀다.

그들 사이에서 자운이 나지막이 중얼거렸다.

"누가 이길 거 같으냐?"

우천과 운산에게 묻고 있는 것이다. 그 물음에 둘이 침을 꿀꺽 삼켰다. 누가 봐도 흑견의 우세다. 당연히 흑견이 이길 것이다.

운산이 말했다.

"덩치나 힘으로 보아 검은 개가 이길 거 같습니다."

자운이 고개를 돌려 우천을 바라보았다.

"너는?"

"저도 흑견이 이길 거 같은데요."

그 말에 자운이 씨익 웃었다.

"과연 그럴까?"

"대사형은 백견이 이긴다는 말씀이십니까?"

운산의 말에 자운이 고개를 절레절레 흔들었다. 그리고는 어깨를 으쓱해 보인다.

"글쎄, 그거야 두고 봐야 알 수 있지."

자운의 눈이 계속해서 흑견과 백견을 쫓았다. 자운의 시선이 다시 투견장을 향하고 답이 없자 운산과 우천도 어쩔 수 없이 계속해서 투견장을 바라보았다.

그사이, 흑견의 우세는 확실해져 가고 있었다. 확실히 숨통을 끊어놓을 만한 상처는 없었으나, 조금씩 착실하게 승리의 조건을 쌓아가고 있었던 것. 사람들의 환성이 더욱 강해졌다.

적으나마 백견에게 돈을 걸었던 사람들은 바닥에 침을 뱉으며 백견을 욕하기 시작했다. 백견이 으르렁거리면서도 도통 힘을 쓰는 것을 보지 못한 탓이다.

얼마나 그렇게 대치 상태가 이어졌을까?

순간 반전이 일어났다.

시종일관 물러서고 공격을 피하며 방어만 하던 녀석이 이빨을 흑견의 목에 박아 넣은 것이다.

크라앙—

흑견이 목을 흔들었으나 백견이 끈덕지게 달라붙었다. 흑견의 목에서는 이미 피가 꿀렁거리며 나오고 있었다.

하지만 흑견의 힘을 이길 수는 없는 법. 흑견이 계속해서 고개를 흔들며 투견장 내부를 질주하고, 놈이 몸을 쾅 하고 철창에 들이박았다.

한순간 철창이 출렁하며 흑견의 힘과 철창 사이에 끼인 백견이 나가떨어졌다.

캐앵—

다시 거리가 벌어지고, 둘이 서로를 노려보았다.

"이제 알겠냐?"

자운의 말에 우천과 운산이 그게 무슨 말이냐는 표정으로 그를 올려다보았다.

자운이 말없이 한숨을 쉬었다.

"너희는 저 두 마리의 살기가 느껴지지 않는 거냐?"

물론 느끼고 있다. 개치고는 거대한 살기. 그 살기 때문에 침까지 삼키며 손에 땀이 나도록 긴장하고 있는 것 아닌가.

한데 갑자기 그 이야기를 꺼내는 이유가 무엇일까.

아직도 이해하지 못하는 표정을 짓고 있는 둘을 보고 자운이 한숨을 크게 쉬었다.

"에휴, 너넨 검은 놈이 이긴다고 했지만, 지금 보면 치명상은 하얀 놈이 먹였지. 이걸 어떻게 생각해?"

"잘 모르겠습니다."

운산이 그렇게 말했고, 우천은 생각에 잠긴 듯한 모습이었다.

그리고는 천천히 입을 열었다.

"기회를 노리고 있었던 것 아닌가요?"

자운이 우천의 머리를 때릴 듯 손을 들었다.

"이게 지금까지 그거 말하려고 생각했냐."

단번에 자운의 꿀밤이 날아올 것이라 예상하고 움찔한 우천. 하지만 그의 생각과는 다르게 우천은 그의 어깨를 두드리고 있었다.

"반만 맞았다."

자운이 다시 개 두 마리를 내려다보았다.

"숨을 죽이면서 기회를 노렸지만 놈은 숨지 않았어."

숨고 패배를 인정했다면 예전에 배를 보이며 복종의 자세를 취했을 것이다. 하지만 하얀 놈은 그러지 않았다.

계속해서 피하고 도망칠 망정 숨지는 않았다.

"이게 무슨 의미인 줄 아냐?"

둘은 답을 하지 않았다.

"저 하얀 놈, 저놈은 도망가면서도 저 검은 놈을 죽일 방법을 생각했던 거야. 살기, 살의(殺意)라고 하지."

운산과 우천이 말이 없자 자운은 계속해서 말을 이어나

갔다.

"어떻게 죽일까, 어떻게 해야 죽일 수 있을까 끊임없이 고민하며 살기를 속으로 품었을 거다. 그 살기가, 그 살의가 녹이 될 때까지, 칼이 될 때까지, 단번에 치명상으로 몰고 가고 심하면 절명까지 시킬 수 있는 독과 칼이 될 때까지 그걸 품었을 거다."

백견과 흑견이 다시 맞붙었다.

"그리고, 마침내 그 살기가 한순간 폭발해서 큰 놈을 물어뜯은 거지. 숨지 마라. 물러설 망정 숨지 말고 살기를 계속해서 속으로 품어라. 그리고 살을 주고 뼈를 취해. 팔을 버리더라도 놈의 목을 노릴 수 있다면 그렇게 하라는 거야."

그게 실전이다.

굳이 투견장까지 둘을 데리고 와서 투견을 보여준 이유가 그것이다. 두 마리의 개는 훌륭하게 제 역할을 해주었다.

"그리고 마지막으로 나를 찍어 누르려는 놈을 간단하게 찍어 누르는 법이 있다. 무공의 고하에 관계없어. 이건 사람의 마음이니까."

우천이 입을 열었다.

"그게 무엇입니까?"

그 말이 끝나는 순간, 자운의 소맷자락이 펄럭이며 살기가 뿜어졌다.

츠츠츠츠—

기운의 동반이 없는 순수한 살기. 단 한줄기의 내공도 움직이지 않았으나 질식할 듯한 살기가 주변을 무겁게 내리눌렀다.

갑작스러운 살기의 방출에 자운과 우천이 당황했다. 주변의 사람들이 오한을 느끼며 그 자리에서 물러났다. 심지가 약한 사람들은 그 자리에서 기절하는 경우도 있었고, 물러나는 사람들도 공포감에 젖어 비명을 질렀다.

"으아아아악!"

자운의 살기에 닿는 것만으로도 죽음을 경험한 듯, 사신을 만난 듯한 느낌을 받았기 때문이다. 그것은 다른 이들에게는 죽음을 경험하는 것과도 같은 고통이었을 것이다.

자운의 신형은 검은 개와 흰 개로 향하고 있었다.

치열하게 싸우던 두 개는 자운의 살기를 받은 순간 복종의 자세를 취했다. 그렇게 살기를 뿜어내던 개 두 마리가 자운의 살기를 이기지 못한 것이다.

두 마리를 바라보며 자운이 씨익 웃었다.

"간단해. 더 큰 살기로 찍어 눌러 버려야지."

자운이 살기를 거두어들였다. 확실히 살기의 고하와 농도는 내공과는 전혀 별개다. 그것은 순수하게 상대를 죽이고자 하는 살의 담긴 시선, 악의가 담긴 의념이었기에 자운의 말에 둘이 무의식적으로 고개를 끄덕였다.

둘을 바라보며 자운이 고개를 으쓱 움직였다.

"그리고 도저히 못 이길 거 같잖아?"

자운이 고개와 어깨를 으쓱하며 말한다. 또 자운이 무슨 말을 하려는가 싶어서 우천과 운산은 긴장을 단단히 하며 자운의 말을 기다렸다.

하지만 생각과는 달리 자운은 그저 자신의 두 다리를 가볍게 두드리는 것으로 행동을 끝냈다.

"별거 있어? 죽어라 도망가야지."

마지막 한마디가 이어졌다.

"두 다리 뒀다가 구걸할 때 쓸 건 아니잖아?"

第二章 걱정마 잘 때리면 네가 이겨

황룡난신

황룡문으로 돌아온 자운은 운산과 우천과 함께 저녁을 들었다. 문파원이 단 셋이라 단출한 저녁 식사. 자운은 허기를 채우고 나서 만족한 듯 가볍게 배를 두드렸다.

그의 배에 잡힌 잔근육이 위로 부풀어 있는 것으로 보아 배가 빵빵해지도록 먹은 것이 틀림없었다.

배를 두드리자 속에서 무언가가 올라왔다.

자운은 그것을 참지 않고 뱉었다.

"꺼어어억."

그가 속에서 올라오는 것을 길게 뱉고, 우천 역시 지지 않겠다는 듯 속에서 올라오는 것을 뱉었다.

"꺼억."

자운이 그 모습을 보고 피식 웃었다.

"으아, 잘 먹었다."

우천 역시 고개를 끄덕인다.

"그러게요. 그것보다 이 고기 맛있네요."

"그래서 네가 나보다 하나 더 먹었냐?"

"대사형은 쪼잔하게 그런 것까지 세고 있습니까?"

"만두는 네가 나보다 두 개나 더 먹었지. 고기만두였는데."

자운이 침울하게 고개를 숙였다. 고기만두를 먹지 못해 우울해 보이는 모습. 그 모습에 둘을 보고 있던 운산은 기가 막혔다.

"이 나물은 대사형이 저보다 다섯 젓가락이나 많이 먹었거든요."

"그건 고기가 아니잖아."

"그게 그거 아닙니까?"

한마디도 지지 않고 받아치는 우천을 자운이 물끄러미 바라봤다.

그렇게 한동안 우천을 보던 그가 툭 말을 뱉었다.

"너 누구 닮아가는 거 같다?"

"무공 실력이요?"

가당치도 않는 우천의 말에 자운이 낄낄거리며 고개를 흔들었다.

"그럴 리가 있나. 이백 년은 이르다고 했지."

"그럼 뭐가 닮아가는데요?"

우천의 말에 자운이 계속해서 낄낄거렸다.

"입담이. 어디 가서 밥 굶지는 않겠어."

입담이 닮아간다는 말에 우천이 대번에 머리를 싸잡았다. 그리고는 고개를 푹 숙여 망했다는 듯 말을 흘린다.

"아, 젠장. 그럼 안 되는데."

"왜?"

"많이 맞을 테니까요."

"넌 내가 많이 맞고 다니는 걸로 보이냐, 많이 패고 다니는 걸로 보이냐?"

자운의 말에 우천이 웃었다.

"그거야 대사형이니까 그런 거고요."

자운이 우천의 머리를 쥐어박았다.

"이게 끝까지 한마디를 안 지네."

그리고는 누가 뭐라고 할 것 없이 웃음을 터뜨렸다. 낄낄거리는 웃음소리까지 닮아간다. 운산은 그런 우천을 바라보며 자신의 사제가 원래 저런 성격이었는지 곰곰이 생각해 보았다.

아무리 생각해 보아도 저런 성격은 아니었다.

'닮아가고 있어.'

밖으로 꺼내놓지는 않았다. 그 역시 그저 실실 웃어 보일 뿐. 한참을 웃던 그들 사이로 총관이 문을 열고 들어왔다.

총관이 들어와도 웃음을 그치지 않는 자운. 그런 자운을 향해 총관이 말했다.

"배첩이 왔습니다."

배첩이라는 말에 자운이 물끄러미 그를 바라보았다.

"어디서?"

"화산파에서 왔습니다."

그 대답에 자운의 얼굴이 차갑게 변했다. 염호명이 죽으며 화산파로 가보라고 하지 않았던가. 구파일방 중 하나인 화산파. 어떻게 해야 하나 고민하고 있는 차에 화산파에서 배첩이 왔다고 한다.

자운이 손을 뻗었다.

휘리릭—

총관의 손에 있던 배첩이 단번에 자운의 손으로 빨려들어 왔다. 허공섭물. 일전에 우천과 운산은 자운이 보인 허공섭물의 신기를 보았기에 놀라지 않았지만, 정보로만 들었던 총관은 헛바람을 들이쉬었다.

"허업!"

자운이 어깨를 으쓱했다.

"뭘 이 정도에 놀라고 그러나."

그리고는 태연하게 배첩을 펼친다. 배첩의 내용은 꽤 길었으나 미사여구가 많았다. 간단하게 축약하자면 내용은 간단했다.

"매화검선이 죽었으니 와서 조문을 표해 달라."

아무래도 섬서에 있는 정파 문파에 배첩이 갔을 것이다. 배첩을 탁 소리가 나도록 상 위에 내려놓은 자운이 운산을 보고 물었다.

"매화검선이 누구냐? 검선이라 하는 거 보니 이 양반 칼질 좀 하나봐?"

그렇게 말하며 자운이 수저를 이리저리 휘둘렀다. 형식도 의미도 없이 장난스럽게 휘두르는 수저. 웃으라고 한 행동인데 아무도 웃지 않는다.

총관은 뭐 이런 사람이 다 있냐는 눈으로 자운을 바라보고 있었다.

자운이 총관을 향해 툭 뱉었다.

"왜, 내가 못할 말 했어?"

"아, 아닙니다."

총관이 고개를 숙였다. 그러자 자운에게로 향하고 있는 시선은 둘. 자운이 고개를 휙휙 돌려 우천과 운산을 각각 한 번씩 바라보았다.

"왜 말을 안 해. 내가 물었잖아, 이 양반 누구냐고."

우천이 탁자를 내려치며 일어났다.

"사형, 정말 매화검선이 누군지 몰라요?"

"몰라. 근데 죽었다는데?"

자운이 정말 모르겠다는 표정으로 말하자 한숨을 내쉰 운산이 매화검선에 대해서 천천히 설명하기 시작했다.

오랜 시간이 걸리지 않았다. 매화검선에 관련된 이야기가 많이 있었으나 자운이 간단하게 하라고 노래를 불렀기 때문에 정말 간단하게 정리한 것이다.

이야기를 다 듣고 난 자운이 손에 들고 있던 수저를 내려놓으며 말했다.

"그러니까, 좀 유명하고 칼질도 하던 화산파의 늙은이가 죽었다는 말 아냐."

자운을 점점 닮아간다고 생각되던 우천도 이번에는 표정을 일그러뜨렸다.

"대사형, 밖에 나가서는 그렇게 말하면 안 됩니다."

"왜?"

"칼 맞아요."

그 말에 자운이 웃었다.

"찌르라 그래. 대신 나는 열 번 찔러줄 테니."

그 말에 운산이 한숨을 푸욱 내쉬었다. 장난스럽게 말하고는 있으나 진짜로 그렇게 할 리 없었다. 그렇게 믿고 싶었다.

둘이 말을 하지 않자 자운이 배첩을 펼쳐서 둘에게 보여줬다.

"일단 오라고 하는데, 그만큼 거물이 죽었다고 하니까 가서 향이라도 하나 피워줘야겠지?"

이것은 명분일 뿐이었다. 사실 목적은 따로 있었다.

자운이 총관을 향해 심드렁하게 말했다.

"그럼 삼 일 안에 출발할 수 있도록 짐 좀 챙겨봐."

자운의 말에 총관은 쓴웃음을 지었다.

단출하게 짐을 챙긴 자운이 황룡문을 나선 것은 배첩이 도착하고 삼 일째 되는 날이었다. 그런 자운의 뒤를 우천과 운산이 따라나섰다.

원래는 귀찮다며 두고 가려고 했으나 둘이 끈덕지게 달라붙은 것이다.

둘 다 속마음이 같았다.

'화산에 대사형을 혼자 풀어놓으면······.'

상상하기도 싫다.

그것은 그야말로 황룡문에 있어서는 대재앙과 같은 일이

될 것이다. 실수로라도 화산파 장문인에게 칼질 좀 하냐고 물어볼지도 모른다.

운산과 우천이 동시에 쓴 입맛을 다셨다.

그런 마음을 아는지 모르는지 자운의 발걸음은 가볍기 그지없다.

"이번에도 좀 잘 부탁해. 며칠 걸릴지도 모르니까."

총관에게 가볍게 손을 살랑살랑 흔들고 자운이 황룡문을 나섰다.

목적지는 화산!

*　　　*　　　*

검선을 거꾸러뜨리고 화산의 고인을 추락시킨 오적은 온몸에 입은 상처에 금창약을 바르고 있었다. 그 역시 적지 않은 상처를 입었고, 당분간은 가볍게 움직이기 힘들 정도의 내상을 입었다.

그가 입맛을 다셨다.

그의 앞에는 적발라가 부복을 하고 있었고, 붉은 머리칼이 땅에 닿을 듯 늘어져 있었다.

"이거 참, 족히 반년은 움직이지 못할 듯하구먼. 그래, 황룡문은 어찌 되었는가?"

그 말에 적발라가 땅에 이마를 찧으며 크게 고개를 숙였다.

쿠웅—

"실패했습니다."

그가 고개를 들자 이마에서 바닥까지 눌어붙은 피가 이어졌다. 그 모습을 보고는 오적이 혀끝을 찼다.

"쯧쯧, 보기 흉하군. 다음부터는 그러지 말게. 그보다, 염호명이 실패했다는 말이지?"

적발라가 말로써 답하는 대신 고개를 끄덕였다.

"실력이 나쁘지는 않았는데 안타깝게 되었구먼. 그래, 흉수는 알아내었는가?"

적발라가 고개를 흔들며 말했다.

"죄송합니다. 제가 불민하여 흉수의 정체를 가늠조차 할 수 없습니다. 황룡문에 젊은 놈이 하나 새로 들어왔다고는 하지만, 놈의 외모로 볼 때 그놈은 아닌 것으로 사료됩니다."

"그런가? 혹시 반로환동한 자는 아니고?"

적발라가 이번에도 고개를 저었다. 단언하는 모습. 그에 대한 정보를 들었기 때문이다.

"귀밑머리가 검고 치아가 젊은이의 그것처럼 고르고 하얀 색이었다고 합니다."

자운은 정확하게 말하면 늙었다가 젊어진 것이 아닌, 전혀 늙지를 않은 것이다. 반로환동과 비슷하기는 하지만 미묘하게 달랐다.

그러니 반로환동의 증표로 나타나는 노인의 치아와 새하얀 귀밑머리가 나타날 리가 없었다.

"그래, 그렇다면 황룡문에 우리가 알지 못하는 고인이 있는 모양이군."

"제가 황룡문에 가서 알아보겠습니다."

오적이 고개를 저었다.

"나는 자네 같은 수하를 잃고 싶지 않네. 관두게."

"하지만……."

"황룡문에는 내 몸이 다 나으면 내가 가보도록 하지. 황룡문의 고인이라……."

그가 매화검선을 생각하며 말했다. 그와의 대결은 그야말로 긴장감의 연속이었다.

오랜만에 느껴보는 짜릿한 감각. 몇 가지 깨달음도 더 얻었으니 정리를 해보면 도움이 될 것이다.

그가 입맛을 다셨다.

"부디 이번에도 그런 감각을 느끼게 해줄 수 있는 자였으면 좋겠는데……."

"예?"

"아닐세. 혼잣말이니 신경 쓰지 말게."

그가 매화검선에 대한 생각을 접고 황룡문에 대해 다시 생각했다.

"반년, 그 후에 보도록 함세."

성제를 알 수 없는 고수에게 하는 말. 말을 하는 그의 옆으로 매화 가지 하나가 가지런하게 놓여 있었다.

* * *

"이제 하루 저녁만 더 가면 화산에 당도하겠군요."

운산이 객잔 밖으로 어렴풋이 보이는 화산을 보며 말했다.

멀지 않았다. 그의 말대로 하루거리. 그러거나 말거나 자운은 객잔에 들어오는 순간 자리를 깔고 누웠다.

그리고는 빈둥빈둥 굴러다니기 시작한다.

"아, 진짜 지친다."

별로 한 일도 없는데 지친다.

한참을 빈둥거리던 그가 일어난 것은 우천의 말에 반응해서였다.

객잔 일 층 식당에 자리가 마련되었다는 것. 그 말을 들은 자운이 자리에서 벌떡 일어났다.

섬전과 같은 속도. 자운이 밥이라고 홍얼거리며 아래로 내려간다.

대부분 무림과 관계없는 인물들이 자리해 밥을 먹고 있

었다.
 하지만 간간이 무림인들도 보이는 것이 화산으로 가는 모양이다. 자운은 신경도 쓰지 않고 단번에 빈자리로 가서 앉았다.
 운산과 우천 역시 뒤이어 자리한다. 그들이 차고 있는 검이 무림인들의 이목을 끌었다.
 무림인들의 시선이 거칠 것 없이 느껴진다. 하지만 악의를 담은 시선은 없었기에 괘념치 않았다.
 대부분의 시선의 궁금증과 의문을 담고 있었다. 하지만 곧 그들의 시신은 거두어졌다. 한 무리의 사람이 객잔 안으로 들어왔기 때문이다. 그들의 선두에 서 있는 이는 무림에서도 유명한 인물이었다.
 일반적으로 제갈세가를 달리 신기제갈(神機第葛)이라고도 칭한다. 그렇게 불릴 정도로 무림에서 이름을 날리는 만큼 수많은 고수들을 데리고 있는 제갈세가에서도 특히 무림에 이름을 날리는 이들이 몇 있었는데, 그중 하나가 신기수사(神機秀士)였다.
 신기수사 제갈운.
 신기제갈과 같은 앞의 두 글자 신기(神機)가 들어간 만큼 가장 제갈세가를 대표하는 인물이라 해도 좋을 것이다.
 그가 선두로 들어오고, 그 외에 다른 이들이 들어왔다.

보지 않아도 알 수 있다. 저들은 제갈세가다.

주변의 인물들이 침을 꿀꺽 삼켰다. 구파일방과 오대세가라 함은 일반적인 무림인들과는 다른 곳에서 사는 사람들. 긴장을 하지 않을 리가 없다.

운산과 우천의 눈 역시 그들을 향했다.

제갈운을 뒤따라 들어온 이들은 우천과 운산의 또래였다. 하나는 정파무림의 칠룡으로 이름을 날리는 현룡(賢龍) 제갈수일 것이고, 그 옆의 여아는 제갈수의 동생인 제갈수련일 것이다.

그들은 들어오며 장내를 살폈다.

자리가 없는 것을 확인한 제갈수의 미간이 좁혀졌다.

"자리가 없군요, 숙부님."

그 말에 제갈운이 너털너털 웃음을 터뜨렸다.

"허허, 그렇구나. 어쩔 수 없지. 늦게 온 우리가 잘못이니 먼저 올라가서 여장을 풀도록 하자꾸나."

그 말에 제갈수가 고개를 끄덕이면서도 주변을 찾았다.

자리가 남는 곳을 찾는 것이다. 여의치 않으면 합석을 생각한 것이다. 제갈수는 곧 단 셋만이 자리하고 있는 자운의 자리를 발견했다.

"저들에게 합석을 부탁해 보겠습니다."

그 말에 제갈운이 제갈수에게 물었다.

"저들에게 피해가 되지 않겠느냐?"

"양해를 구해보겠습니다, 숙부님."

자운 역시 그 말을 듣고 있었다. 듣고 있으니 제갈운이라는 사람은 사람이 되었다는 생각이 들었다.

자운이 오리 다리를 집어 들었을 때, 제갈수가 다가와 물었다.

"실례가 아니라면 합석을 해도 되겠습니까?"

우천과 운산의 시선이 대번에 자운에게로 향한다. 자운이 오리 다리를 우적 물었다.

'이 사람이 이들을 이끄는가 보군.'

운산과 우천의 시선이 자운에게로 향하자 제갈수 역시 시선을 자운에게로 향했다. 자운의 입을 타고 오리 다리의 육즙이 흘러내렸다.

"츠릅. 자리가 남으니 얼마든지."

자운이 고개를 끄덕이며 흔쾌히 수락했다. 제갈수는 만족스러운 미소를 지으며 일행에게로 돌아갔다.

곧 제갈운이 선두에 서서 제갈수와 제갈수련이 그들의 자리에 자연스럽게 합석했다

제갈운이 포권을 취해 보였다.

"합석을 허락해 주어서 감사합니다. 소협은……"

자운이 물고 있는 오리 다리를 내려놓으며 포권을 가볍게

취했다.

"황룡문의 천자운이오."

반존대. 존대를 하지 않는 그의 모습에 제갈수의 미간이 모아졌다. 하나 주변의 시선이 의식되었는지 단번에 화를 내지는 않고 불편한 시선을 보일 뿐이다.

"황룡문의 검운산입니다."

"황룡문의 우천입니다."

우천과 검운산 역시 제갈운에게 포권을 취해 보였다. 그들이 공손히 포권을 취하자 제갈수의 표정이 조금은 누그러들었으나 여전히 자운을 향하는 불편한 시선을 거두지는 않았다.

"허허, 황룡문의 소협들이셨구려. 제갈운라고 한다오. 무림의 동도들이 과하게도 신기수사라고 불러주고 있소."

그러든지 말든지 자운이 다시 오리 다리를 뜯었다. 우천과 운산은 다시 고개를 숙여 보였다.

"제갈운 대협의 존성대명은 익히 들어왔습니다."

"그렇다니 고맙구려. 뭐하느냐, 인사들 하지 않고."

제갈운의 채근에 마지못해 제갈수가 고개를 숙였다.

"제갈수라고 합니다."

뒤이어 제갈수련이 고개를 숙였다.

"제갈수련이라고 합니다."

포권을 취해 보이는 것을 잊지 않는다. 그 후로 잠시 어색한 시간이 흘렀다. 곧이어 점소이가 와서 제갈운에게 주문을 받아가고, 제갈운이 오리 다리를 다 뜯고 내려놓는 자운을 향해 물었다.

"화산으로 가는 길들이오?"

자운이 고개를 끄덕였다.

"검선이……."

"검선께서 귀천(歸天)하셨다 하여 조문을 표하러 갑니다."

자운이 매화검선을 자기 친구 이름 부르듯 하려 하자 단번에 운산이 나서 그것을 막았다. 운산이 말을 하자 자운은 고개를 으쓱하고는 손에 묻은 기름을 탁자에 아무렇게나 문질러서 닦았다.

"그렇지요. 정파무림의 큰 별이었는데……."

"걱정입니다."

곧 운산과 제갈수는 배분의 문제도 잊고 무림의 안위에 대해서 걱정했다. 자운은 그 모습을 보며 속으로 피식 웃었다.

'넌 황룡문이나 걱정해.'

아직 황룡문도 제대로 자리 잡지 못했는데 무림의 안위 어쩌고 하는 운산을 보니 웃긴 것을 넘어 귀엽기까지 한 것이다.

제갈운이 무어라 말을 하는데 집중하지 않고 계속 음식을

뜯는 자운의 모습이 제갈수는 계속해서 마음에 걸렸다.

그리고는 결국 말을 꺼내고 말았다.

"그쪽의 당신은 참으로 무례합니다. 저희 숙부님은 분명 무림에서 이름을 날리고 있는 분이시고, 그런 분이 무어라 말을 하면 듣는 척이라도 하여야 할 것 아닙니까."

자운이 들고 있던 오리 뼈를 뜯다 말고 다시 그릇 위에 올렸다.

그리고 제갈수를 빤히 바라본다.

"듣고 있었다. 무림의 안위 뭐라 하고 있던 거 아니야?"

그리고는 귀를 후비적거린다. 참으로 예의없는 태도. 그 태도에 경험이 적은 제갈수는 책상을 치면서 일어났다.

"당신! 무림에서 당신보다 배분이 높은 사람이 이야기하는데 그게 말이나 되는 태도라고 생각하는 거요?"

그 말에 우천이 답했다.

"이분은 황룡문의 문주 대리이십니다. 또한 이렇게 젊은 모습을 하고 있으나 사실 나이가 불혹(不惑)을 넘으셨습니다."

불혹(不惑)?

넘은 지 오래다.

상수(上壽)를 두 번 넘었는데 불혹 따위가 대수인가?

불혹을 넘었다는 말에 제갈운이 소리쳤다.

"허어! 환골탈태라도 한 것이오?"

환골탈태라는 말이 무림인들의 이목을 집중시킨다. 환골탈태는 그야말로 무림인들이 꿈에서나 바라는 경지다. 제갈운도 아직 환골탈태는 겪지 못했다.

환골탈태라는 말에 제갈수가 움찔했다. 상대가 정말로 환골탈태를 겪은 이라면 그로서는 쥐새끼가 범에게 시비를 건 격이다. 자운이 씨익 웃었다.

"그저 얼굴이 젊어 보이는 거지 환골탈태라니, 황송하군."

타고난 동안이라 하는 자운. 그 말을 제갈수는 주안술을 익히고 있다고 생각했다.

"주안술 따위로 젊음을 유지하는 건가?"

제갈수가 콧방귀를 꼈다. 제갈수의 말에 이번에도 우천이 반박했다.

"말조심해. 우리 대사형은 일문의 문주야. 아무리 황룡문의 세가 죽었다고는 하지만, 넌 아직 후기지수고, 오대세가의 후기지수는 이렇게 해도 되는 거야?"

이번에는 반말이다. 운산이 머리를 짚었다.

우천이 자운에게서 나쁜 것만 배운 모양이다. 이러다 싸움이 나겠다.

"허, 웃기는군. 먼저 예의없이 군 것은 그쪽이 아닌가! 일문의 문주라고 하나 우리 숙부께서는 신기수사. 다 망해가는 삼류 문파의 문주 따위가 무시할 만한 입장이 아니란 말이다."

그 말에 제갈운이 소리쳤다.

"수야!"

제갈수는 해서는 안 될 말을 했다. 그가 말을 하는 순간 자운이 손을 쭈욱 뻗었다.

어떻게 잡혔는지 알 수도 없이 제갈수의 몸이 자운의 손아귀에 잡혀들었다. 자운이 활활 타는 눈으로 제갈수를 노려본다.

"너 방금 뭐라고 지껄였냐?"

자신의 앞에서 손이 쓰윽 지나가는 것을 본 제갈운이 속으로 감탄했다.

'대단한 수법.'

손이 지나가는 그림자밖에 보지 못했다. 기습적인 움직임이라 해도 십오 년 전을 기점으로 망해간다고 들었던 황룡문의 문주가 보일 움직임은 아니었다.

하지만 지금은 제갈수를 구해야 한다.

그대로 두었다가는 저 고수에게 맞을 것이다.

"천 문주, 내 조카 교육을 잘못시켰음을 인정할 테니, 그만 해 주시지요."

제갈운의 말에 자운이 제갈운을 바라보았다. 자운은 서 있고 제갈운은 앉아 있다. 높은 시선이 아래로 향한다.

자운이 곧 손을 놓으며 탁탁 털었다. 그러며 의미심장한 눈으로 우천을 바라보았다.

'대사형이 웬일로?'

지켜보던 운산으로서는 의문이 들 수밖에 없는 행동이었다.

그가 알고 있는 자운은 절대로 저럴 사람이 아니었기 때문이다.

자운이 손을 털더니 다시 제갈운을 내려다보았다.

"그렇지. 애들 싸움에 어른들이 끼어들어서는 안 되겠지. 그렇지요?"

자운의 말을 제갈운이 이해하지 못할 리가 없다. 분명 제갈수가 잘못한 것이니 체벌은 해야겠는데, 그것을 자신의 손이 아닌 아이들의 손으로 끝내자는 말이 아닌가.

잘하면 별 문제 없이 넘어갈 수 있겠다는 생각이 들었다.

"천 문주, 고맙소."

그가 자운에게 고개를 숙여 포권을 취해 보였다. 자운은 아무렇게나 손을 흔들고는 우천을 불렀다.

"야."

"예, 대사형."

"비무 준비해라."

우천의 귓가로 자운의 전음이 파고들었다.

[황룡문을 모욕한 놈이다. 가볍게 끝내지 말고 뼈 하나로 합의 보자.]

우천의 표정이 울상으로 변했다. 상대는 무림에서 용의 칭호를 받은 현룡이다.

자신 역시 무공을 배웠다고는 하나 정식으로 배운 지는 얼마 되지 않는다.

한데,

'현룡이랑 비무라니……'

어쩌면 뼈가 나가는 쪽은 자신일지도 모르겠다는 생각이 문득 들었다.

그런 우천의 귓가로 다시 자운의 전음이 날아들었다.

[걱정 마. 잘 때리면 네가 이겨.]

황룡난신

　객잔의 뒤뜰을 빌렸다. 차가운 바람이 우천의 다리 사이로 스치고 지나갔다. 눈앞에 있는 자는 현룡이다.

　긴장되지 않을 리가 없다.

　비무의 특성상 진검을 사용하는 것은 무리가 있었기에 검집째로 휘두르기로 했다.

　제갈수가 자운을 한번 노려보더니 코웃음을 쳤다.

　그리고는 우천을 향해 손을 까딱거렸다.

　올 테면 오라는 신호다. 그것은 도발이었다. 제갈운이 제갈수의 태도를 보고 버럭 소리쳤다.

"수야!"

하지만 제갈수는 못 들은 척 계속해서 손을 까딱인다.

그런 제갈수를 바라보는 우천의 귓가에 자운의 전음이 또 다시 날아들었다.

[오라는데 가서 패줘 버려.]

그게 말처럼 쉬운 일이 아니다. 우천이 침을 꿀꺽 삼켰다.

우천이 오지 않자 제갈수가 한 걸음 움직였다.

"오지 않겠다면 내가 가지."

제갈수가 제갈가의 직계만이 배울 수 있는 소천성신공(小天星神功)을 끌어올렸다.

소천성신공 특유의 기운이 제갈수의 몸을 타고 뻗어 나갔다.

츠츠츠츠츳—

제갈수의 신형이 휙 하고 당겨져 온다. 역시 제갈세가에서 자랑하는 보법 천기신행(天機神行)이었다.

절정에 이른 천기신행은 아니었으나 어느 정도 수준에 오른 천기신행의 속도는 절대 느리지 않았다.

그가 천기신행으로 단박에 우천의 앞으로 이동하고 손을 뻗었다.

소천성신장의 공력이 맴돌고 있는 소천성신장(小天星神掌).

장력이 우천을 향해 쇄도했다. 우천이 검을 들었다.

'이상한데?'

소천성신장이 눈에 보인다. 현룡이라 불리기에 어마어마한 고수인 줄 알았는데 그의 공격이 눈에 보인다.

순간 나를 놀리는 것인가 하는 생각도 들었다.

'일단 막고 보자.'

그가 자운에게 배운 대로 검을 움직였다. 검끝으로 소천성신장의 경로를 바꾸어 버린다.

애꿎은 허공을 소천성신장이 때린다.

퍼엉—

그 바람에 우천의 머리칼이 휘날렸으나 전혀 타격은 없다

자신하던 장이 허공을 때리자 제갈수가 의문을 표했다.

"어?"

제갈운 역시 안타까움을 토하고.

"저런!"

그 순간 틈을 놓치지 않는 우천의 검끝이 제갈수의 갈비뼈를 때렸다.

따악 하는 소리와 함께 제갈수가 뒤로 빠졌다. 몸을 뺐기 때문에 큰 충격은 입지 않았으나, 검이었으면 가슴에 검상이 생겼을 것이다.

생각지도 못한 한 방을 먹은 것이다. 그것도 자신이 다 무

너져 가는 삼류라고 말한 문파의 제자에게 말이다.

그 점은 제갈수에게 있어서 수치였다.

"이익!"

제갈수가 화를 내며 공력을 더 끌어올렸다.

화가 난 제갈수와 달리 우천은 얼떨떨한 감각을 경험하고 있었다. 분명 엄청난 고수라고 생각하고 찔러 넣었는데, 그게 성공하기까지 했다.

'내 공격이 먹히는 건가?'

자운을 바라보자 자운이 고개를 끄덕인다. 괜히 기분이 좋아졌다. 그동안 한 훈련이 헛된 것은 아니었던 모양이다. 눈앞에 다시 장력을 뻗는 제갈수의 모습이 들어왔다.

우천이 경로를 틀기 위해 검을 뻗었다.

"우연이 두 번이나 일어날 줄 아느냐!"

하나 이번에는 제갈수 역시 만만치 않았다. 하지만 전혀 틀어짐이 없는 것은 아니다.

제갈수의 장력이 미세하게 틀어지고, 틈이 생겼다.

우천이 그 사이로 몸을 뺐다.

날랜 제비처럼 우천의 몸이 제갈수의 영역에서 벗어난다.

제갈수의 장력이 또 허공을 때렸다.

옆에서 바라보던 제갈운이 감탄을 토했다.

"굉장한 기교군요."

제갈운의 말에 자운이 못마땅한 듯 툴툴거렸다.

"에잉. 그러게 말입니다. 항상 기본에 충실하라고 했는데 노 기교를 부리니."

말을 하는 자운의 얼굴에는 미소가 번져 있었다. 하지만 비무에 집중하고 있는 제갈운은 그것을 보지 못했다.

운산 역시 비무에 집중하고 있었고, 그런 운산을 바라보는 하나의 시선이 있었다.

바로 제갈수련의 시선이었다.

여태껏 말이 없던 제갈수련이 뚫어져라 운산을 바라본다. 운산은 비무에 집중한 나머지 느끼지 못하고 있었으나 시종일관 제갈수련의 시선은 그를 향하고 있었다.

그 시선이 묘하기 그지없어 백치미까지 느껴졌다.

그러거나 말거나 우천과 제갈수의 비무는 계속해서 이어졌다.

우천의 기교에 제갈수의 장력은 계속해서 허공만을 때렸다. 빈틈을 잘 감춘 덕에 더 이상 공격당하지는 않았으나, 처음에 한 방 먹은 것은 제갈수에게 있어서는 수치. 그것을 돌려주려고 하는데 모든 공격이 허공을 때리자 점점 열이 받쳤다.

"이익!"

화가 난 그가 소천성신공의 공력과 대천성신공의 공력을

동시에 끌어올렸다.

정순한 제갈수의 내력이 두 팔로 뻗어 나간다. 소천성신공은 좌수로 흘러가 소천성신장으로 화했다.

대천성신공의 공력은 우수를 타고 내려 대천성신장으로 화했다.

"우연은 이것으로 끝이다."

그가 계속해서 우연을 소리치며 소천성신공의 장력을 먼저 뻗었다.

뒤이어 대천성신장이 따라온다. 시간차에 이른 이연격. 공격은 첫 번째보다 두 번째가 배는 강했다.

우천이 빠르게 상황을 읽었다.

먼저 소천성신장은 여태껏 그래왔던 것처럼 흘렸다. 소천성신장의 장력이 흘려지는 것이 손끝을 타고 들어온다.

확실한 감각. 뒤이어 거대한 존재감이 성큼 다가왔다.

대천성신장이었다.

제갈수 역시 소천성신장이 흘려진 것을 알았기에 이를 악물고 공격을 들이민 것이다.

"허어! 끝이 난 것 같군요."

제갈운이 자운을 보며 말했다. 우천은 잘했다. 무림에서 후기지수로 유명한 현룡을 상대로 저 정도로 선방을 했으니 잘했다 할 것이다.

제갈운은 그렇게 생각했다.

자운이 제갈운의 말에 고개를 끄덕였다.

"그렇군요. 끝났네요."

우천의 감각이 활성화되었다. 근육이 팽팽하게 당겨지고, 대천성신장의 눈에 들어온다.

대천성신장을 향해 그가 검집을 뻗었다.

그것은 초에 촛불을 옮겨 붙이듯 조심스러운 행동. 감각을 극대화시켜 행동하고 있었다.

화르륵―

대천성신장의 공력이 우천의 검에 옮겨 붙었다. 화력을 빼앗긴 대천성신장의 위력이 절반 이하로 줄어든다.

약해진 대천성신장이 우천의 가슴팍을 때렸다.

쾅―

우천의 속에서만 들릴 소리가 들렸다. 그와 동시에 대천성신공 절반 이상의 공력을 품은 검집이 제갈수를 향해서 날아들었다.

제갈수가 막기 위해 좌수를 뻗었다.

제갈운이 크게 소리친다.

방금 전 우천이 보인 한 수를 알아보았기 때문이다. 그가 자신의 다리를 탁 하고 때렸다.

"사량발천근!"

그것과는 별개로 자운은 다른 생각을 하고 있었다.
'이건 위험하군.'
이것은 비무다. 죽는 사람이 나와서는 안 될 것이다. 제갈수의 버릇을 고쳐줄 생각이었지만, 제갈세가와 입장이 껄끄러워지고 싶지는 않았다.

콰직—

검집이 제갈수의 좌수를 부수었다.. 뼈가 가루가 나지는 않았으나 당분간 좌수를 쓰기는 어려울 것이다.

그러고도 힘을 잃지 않고 그대로 뻗어 나가는 우천의 검집. 그대로 나아간다면 검집은 제갈수의 이마를 후려칠 것이다.

운이 좋으면 뇌가 상하는 정도로 끝이 날 것이고, 운이 나쁘면 그 자리에서 두개골이 박살 나 즉사할 수도 있다.

자운의 신형이 흔들리듯 휙 사라졌다.

제갈수의 머리로 향하던 우천의 검집을 그가 붙잡았다. 그리고 팔을 한번 회전시켜 우천의 검집을 검째로 날려 버렸다.

휘리릭—

허공에서 회전한 검이 바닥에 떨어진다. 대천성신공의 공력이 남아 바닥을 후려쳤다.

쾅—

저 공격을 그대로 맞았다가는 두개골이 박살 났을 것이다. 그 증거로 바닥에는 반 뼘 깊이 정도의 구멍이 파였다.

자운이 늘어지는 우천을 안아 들었다.

아까 가슴팍을 맞은 충격에 기절을 한 것이다. 자운이 고개를 돌려 제갈수와 제갈운을 바라보았다.

제갈수는 부러진 손을 부여잡고 오만상을 찌푸리고 있었다.

'저 정도면 충분하지.'

자운이 제갈운을 향해 말했다.

"우리가 패했군요. 이만 우리는 돌아가겠습니다."

그 말을 끝으로 자운은 객잔으로 돌아갔다.

운산 역시 우천의 검을 챙겨 자운의 뒤를 따르고, 손을 감싸 쥐고 고통을 호소하는 제갈수에게 제갈운이 다가갔다.

그리고는 조용히 중얼거렸다.

"실전이었으면 넌 죽었을 거다."

제갈수가 고개를 끄덕였다. 삼류라고 무시했는데 그게 아니다. 저 정도라면 무림의 다른 용이라 불리는 후기지수들에게도 통할 것이다. 나름 무림의 신룡이라 하여 자부심을 가지고 있었는데 무참히 깨졌다.

경각심이 들었다. 제갈수가 멀어지는 우천을 향해 말했다.

"다음에는 꼭 이길 겁니다."

어느새 그는 존댓말을 하고 있었다.

*　　　*　　　*

 우천은 오랜 시간이 지나지 않아 깨어났다. 자리에서 벌떡 일어난 우천은 가슴팍에서 느껴지는 은은한 통증에 가슴을 쥐었다.
 "윽."
 그런 우천을 향해 자운이 피식거렸다.
 "일어났냐?"
 우천이 자운을 향해 묻는다.
 "비무는, 비무는 어찌 되었습니까?"
 "제갈가 꼬맹이 놈, 팔 한 짝 부러뜨리기는 했는데 네가 졌어."
 졌다는 말에 우천의 표정이 침울하게 변했다. 사실 자운도 우천을 잘했다고 칭찬해 주고 싶었다.
 실전이었으면 분명 우천이 이겼을 것이다. 제갈가의 놈은 자운에게 처음부터 끝까지 농락만 당하다가 마지막에 한 방 먹이고 자신의 목숨을 버린 꼴이다.
 우습지 않은가?
 명문이라는 놈들이 이제 정식으로 무공을 배운 지 얼마 되지 않은 우천에게 패한 것이다. 이 사실을 알게 되면 얼마나 분해할까.

그것은 따로 보지 않아도 충분히 상상할 수 있었다. 자운은 속으로 고소를 머금으며 가슴팍을 움켜쥔 운산을 바라보았다.

그리고 마지못해 한마디 던졌다.

"뭐, 그래도 잘했다."

휘익— 휘리릭—

검이 연달아 허공을 갈랐다. 운산이 휘두르는 검. 검이 허공에 연달아 궤적을 그린다.

우천의 비무를 바라본 지금, 운산은 몸이 후끈하게 달아올라 쉬이 방에 들어갈 수가 없었다.

논검 비무에서 향상시킨 정신력으로 자신의 앞에 제갈수를 투영시켰다.

과연 자신이 우천의 자리에 있었다면 어찌했을까?

그리 생각하고 검을 휘두르는 것이다.

자신은 우천과 같은 기교가 없다. 그 점은 알고 있다. 검의 기교를 갈고닦는 것에 있어서 우천은 그야말로 천재였다.

하지만 그렇다고 해서 기본이 뒤지는 것은 아니었다.

검술의 정교함과 기본은 오히려 운산 쪽이 앞섰다.

운산이 천천히 제갈수를 상대했다.

한창 검을 휘두르고, 마침내 그가 검을 멈추었다.

허공중에 검이 멈춘다.

운산의 검이 멈춘 그곳, 그곳은 건장한 성인 남성의 목에 해당하는 곳이었다. 검을 멈춘 그가 피곤이 가득한 숨을 뱉었다.

"이겼다."

뒤를 이어 기쁨에 가득 찬 말이 튀어나왔다.

"뭘 이겼다는 말인가요?"

갑자기 들려온 말에 운산이 깜짝 놀랐다. 검을 휘두르는 것에 집중한 나머지 누군가 다가오는 기척을 전혀 느끼지 못한 것이다. 운산이 고개를 돌려 목소리의 주인을 찾았다.

차갑고 냉담해 보이는 얼굴, 미소만 있다면 분명 아름다워 보일 얼굴인데 전혀 표정이 없다. 그래서 특이하다.

아름다운데 아름답다고 말할 수 없는 얼굴. 제갈수의 동생인 제갈수련이었다.

"제갈수련 소저셨군요."

운산이 포권을 취해 보였다. 운산의 포권에 제갈수련은 말없이 운산의 앞으로 성큼성큼 다가왔다.

표정없는 얼굴이 눈앞에 드러나고, 그녀의 얼굴에 운산이 찔끔했다. 지금까지 여자의 얼굴을 이렇게 가까이서 본 기억이 없기 때문이다.

운산이 뒤로 한 걸음 물러나자 제갈수련이 한 걸음 다가

왔다.

"편하게 수련이라고 불러요."

달콤했으면 좋을 말이건만, 표정과 마찬가지로 무미건조하기 짝이 없는 목소리다.

정교하게 나무로 깎은 인형을 마주하고 이야기하는 느낌. 생소한 느낌에 운산이 고개를 갸웃하면서도 답했다.

"어찌 그럴 수 있다는 말입니까."

"싫으면 말고요."

그리고는 그 자리에 털썩 주저앉는다.

"제갈 소저, 이러면 옷이 더러워집니다."

운산의 말에도 그녀는 아랑곳하지 않고 자리에 앉은 채 하늘을 바라보았다. 어느새 해가 지고 별이 떠올라 있었다.

구름 한 점 없는 밤하늘에 별들이 드러난다.

"괜찮아요. 새로 사면 되요."

여전히 감정없는 표정과 목소리가 이제는 웃기기까지 한다. 운산은 실소와 함께 자리에 주저앉았다.

그리고는 고개를 들어 그녀와 함께 하늘을 바라보았다.

그 모습을 객잔 창문으로 바라보는 자운이 중얼거렸다.

"얼씨구, 저기는 연애하네? 잘한다, 잘해."

운산과 제갈수련이 무어라 이야기를 나눈다. 잘 들리지 않고 딱히 듣고 싶은 마음도 없었던지라 탁 소리가 나게 문을 닫아버렸다.
 그 소리에 우천이 자운을 향해 물었다.
 "대사형, 왜 그래요?"
 자운이 고개를 절레절레 흔들며 한숨을 내쉬었다.
 "내 가슴에 대못이 박혀서……."
 자운은…….
 혼자다.
 "젠장."

第四章 어디서 이런 미친놈이 튀어나왔는고

황룡난신

　제갈운과는 객잔을 나서면서 헤어졌다. 목적지가 같은 화산인 만큼 함께 동행을 해도 나쁠 것은 없었지만 어제의 일로 인해 그러기는 조금 불편한 상황이 되어버렸다.
　제갈수련은 객잔을 나서며 인사를 하는 와중에도 무표정하고 무감각한 얼굴로 운산을 뚫어져라 바라보고 있었다.
　이쯤 되면 불편해지는 것은 운산이라 도중에 얼굴을 틀어버렸고, 우천은 제갈수가 객잔을 떠나기 전 마지막에 남긴 말을 계속해서 곱씹고 있었다.
　'다음에는 지지 않을 겁니다.'

앞뒤가 이상했다.

"대사형, 정말 제가 졌습니까?"

자운의 손이 휙 하고 휘둘러져 단번에 그의 머리통을 후려친다.

빠악—

"그럼 네가 왜 기절했겠냐? 응?"

"하지만 제갈 소협이 마지막에……."

제갈수는 우천을 향해 분명 다음에는 지지 않겠다고 했다. 다음에는 지지 않겠다니?

그럼 이번에는 졌다는 말인가?

자운이 아무렇게나 손을 흔들었다. 귀찮다는 듯 말하는 행동, 그리고는 별거 아니라는 듯 중얼거렸다.

"팔 한 짝으로 적당히 합의봤으니 걱정하지 말라고."

그것을 끝으로 더 이상 그 일은 언급하지 말라는 듯 자운이 고개를 휙 돌렸다. 그의 시선이 향하는 곳은 화산이었다.

염호명은 죽기 직전 화산으로 가보라고 했다.

왜?

그것이 매화검선의 죽음과 관련이 있을까?

매화검선의 죽음이 관련이 있다면 화산은 황룡문과 관계가 없을지도 모른다. 지금의 황룡문은 매화검선을 희생시키면서까지 처리해야 할 가치가 없으니까.

아쉽게도 그것은 사실이었다.

그렇다면 왜?

왜 그는 화산으로 가보라고 힌 것일까?

자운의 미간이 좁혀졌다. 이번 일로 인해서 천하 무림의 모든 시선이 화산으로 향했다.

또한 무림의 많은 명사들 역시 화산으로 향하고 있다. 이것과 염호명이 말한 것에 무슨 이유가 있는 것일까?

자운이 이마를 꾹 눌렀다.

"하아, 머리 아프네."

지금으로써는 손에 쥐고 추측할 거리가 전혀 없다. 한다고 하더라도 그것은 말 그대로 추측으로 끝날 뿐, 어느 정도 신뢰성있는 결론을 도출해야 하는데 그것을 해내기는 어려운 상황이다. 하지만 검선이 습격당한 것과 죽은 것이 우연일 거라는 생각은 쉬이 들지 않는다.

검선이 명을 다한 틈을 타서 흑령문이 황룡문을 습격한다?

그것은 공교롭게도 우연이라고만 할 수 있는 일이 아닐 뿐더러 무림에 우연은 없었다.

아마도 검선의 죽음이 흑령문 배후의 본래 목적이었을 것이다. 거기에 겸하여 화산으로 무림의 시선이 쏠린 틈을 타서 황룡문을 밀어버리려 한 것이다.

그들이 황룡문에 신경을 써야 하는 이유가 무엇인지는 알 수 없다.

한 가지 확실한 것은…….

"일단은 화산으로 가보는 수밖에."

그들이 화산에 도착한 것은 점심 무렵이 조금 넘어서였다.

화산의 산문에는 사람들이 줄을 서 차례를 기다리고 있었고, 그들 앞에 화산의 제자로 보이는 도사 몇이 빠르게 방문객들의 신원을 옮겨 적고 있었다.

그 차례가 통과되어야 비로소 화산으로 입장할 수 있는 것이다.

자운은 배첩을 간단하게 보여준 후 자신들의 차례가 올 때까지 기다렸다. 그러는 와중에도 천천히 주변을 살폈다.

화산의 모습을 보니 과거 황룡문의 모습이 떠오른다.

지금은 이백 년 전의 이야기가 되어버렸지만, 과거 섬서 내에서 화산과 견줄 만한 유일한 문파였지 않은가.

섬서에 있는 두 개의 검문이라 하여 섬서이문(陝西二門)이라고까지 불리기도 했다. 한데 한쪽은 그 위세를 더한 반면, 다른 한쪽은 보기 안쓰러울 정도로 폭삭 망해 버렸다.

그렇게 주변을 살피고 있을 때, 자운의 차례가 돌아왔다.

형식적인 절차를 마치고 화산의 산문으로 들어가는 것은

그리 어렵지 않았다. 화산의 산문 내부에는 외부와 마찬가지로 검선에 대한 조의를 표하기 위해 각 곳에서 모여든 이들로 성황을 이루고 있었다.

그 사이사이로 화산의 제자들이 분주하게 움직이며 사람들을 통제하고 있었다. 운산과 우천이 그들 사이로 섞여들었다. 반면에 자운은 전혀 다른 곳으로 사라졌다.

자운이 향하는 곳은 선인봉이었다. 얼마 전 검선이 당한 불미스러운 사태 이후 선인봉은 화산의 금지가 되었다.

그렇기에 훈련된 매화검수 두셋이 선인봉으로 향하는 길을 막고 있었으나 그들의 눈을 속이는 것은 자운에게 있어서 어렵지 않은 일이었다.

매화 가지가 자운의 뺨을 획획 스쳤다.

바람 지나가는 소리가 귓가로 윙윙하고 울리고, 자운의 하체가 산을 타는 그 자세에서 상체는 흐릿하게 흔들렸다.

단번에 눈앞을 막아서는 매화 가지를 피해내고 자운의 몸이 솟구쳤다. 몇 장의 땅이 순식간에 좁혀지고, 자운의 몸이 허공으로 날아올랐다.

선인봉을 오르는 것은 어려운 일이 아니었다. 곧 자운의 몸이 선인봉의 정상에 도달하고, 몸이 높게 날았다.

선인봉 위를 가볍게 날며 선인봉 전체에 새겨진 균열을 읽어 내린다.

지진이라도 일어난 듯 땅의 균열이 마치 거미줄처럼 펼쳐져 있는 것이 보인다.

지금 선인봉을 내려친 힘의 삼 할, 아니, 이 할만 힘이 더 가해졌어도 선인봉은 무너져 내렸을 것이다.

자운이 휘익 몸을 돌려 뒤를 바라보았다.

선인봉이 무너지면 화산이 위험해진다. 무너지는 선인봉에 깔려 모든 건물이 박살 날 것이다.

바닥에 내려선 자운이 선인봉의 정상에 간 균열을 손으로 훑었다.

얼핏 보면 둔탁하고 육중한 무언가로 내려쳐서 만든 균열인 듯싶으나 이것은 확실한 검상이다. 자운이 허리춤에서 검을 뽑아 들었다.

창—

그리고는 검을 아무렇게나 휘두른다. 허공에 검영이 얽혀들고, 자운이 검을 내리긋자 검영이 그대로 아래로 향했다.

퍼석 하는 소리와 함께 선인봉의 한구석에 작은 균열이 생겨난다.

크기는 달랐지만 분명 거미줄 형식의 검상. 선인봉 전체에 넓게 새겨진 것과 동일한 형태였다.

이것으로 확실해지는 것이 하나 있었는데, 육중한 둔기가 아니더라도 검으로도 충분히 이러한 형상을 만들 수 있다는 것. 하지만 자운은 만족하지 못한 듯 고개를 갸웃하고 움직였다.

"역시 검상만으로는 안 되나."

비슷하게 생겼지만 자운이 보기에는 만족하지 못한 것이다. 검상만으로 흉내를 내는 것은 가능했지만, 이것은 검에 육중한 무게가 담겨야 가능한 초식이다.

자운이 이러한 초식을 머릿속에서 천천히 찾아내기 시작했다. 무림에 이름을 날리는 초식이라면, 하다못해 이 정도의 위력을 가진 초식이라면 이름은 들어보았을 법도 한데 마땅히 생각나는 것이 없다.

자운이 한참을 고개를 갸웃거리고 있을 때였다.

휘이익—

바람 갈라지는 소리가 나면서 강력한 힘이 자운의 뒤통수로 향했다. 자운이 피식 소리가 나게 웃고는 그 자리에서 발을 굴렀다.

그의 몸이 흐릿해진다 싶더니 땅으로 꺼지는 것처럼 아래로 사라졌다.

자운이 다시 나타난 것은 오 보 정도 떨어진 곳. 고개를 돌려 자신의 뒤통수를 후려치려 했던 시건방진 녀석의 얼굴을 살폈다.

"이건 웬 거지 새끼야?"

자운이 이죽이며 말했다. 자운의 동공에 비친 이는 거지였다. 머리는 백발로 산발이었으며 사이사이에 씻지 않아 때가 끼어 있었다.

또한 옷은 남루하기 그지없고 똥밭에서 구르기라도 한 듯 악취가 진동한다.

자운이 코를 씰룩였다. 역한 냄새가 올라왔던 탓. 그러면서도 자운은 이죽거리는 미소를 풀지 않았다.

'감히 나의 뒤통수를 후려치려고 해?' 라고 말하는 듯한 자운의 눈빛. 그 말에 거지가 껄껄 웃었다.

"흘흘, 검선 그 노인네가 죽었다기에 죽은 자리에 와봤더니 웬 젊은 놈이 있구나."

자운이 피식 웃었다.

"그래서 뭐?"

'젊은 놈인지 늙은 분인지 네가 아냐?' 라고 말하고 싶은 것을 적당히 참았다.

"흘흘흘. 이상하지 않느냐? 아래쪽에는 매화검수들이 지키고 있는데 올라오는 젊은 놈, 그런데 그 젊은 놈이 이 수법까지 흉내 낸다면?"

그가 괴장으로 자운이 만들어낸 검상을 꾹 누르며 말했다.

자운이 어깨를 으쓱해 보인다.

"그쯤이야… 이렇게, 이렇게 하면 간단하게 되는 거 아닌가?"

자운이 다시 검을 흔들었다. 그의 옆에 다시 같은 검상이 파이고, 이번에는 거지노인이 이죽거렸다.

"흘흘, 그렇지. 바로 그거야. 그게 이 수법을 알고 있다는 증거 아니겠느냐? 설마 모르는 걸 한 번 보고 만들었다는 건 아니겠지?"

자운이 씩 웃었다.

"당연하지. 난 천재니까."

"흘흘. 고놈, 입이 참으로 건방지구나. 요 입이 문제렷다."

노인이 쭉 괴장을 뻗었다. 사실 거지노인은 무림에서 이름이 자자한 괴걸왕(怪乞王)이었다. 기행을 일삼으며 다니기 때문에 정파임에도 불구하고 무림명에는 괴(怪)라는 글자가 붙었고, 개방의 태상방주 직을 맡고 있기 때문에 걸왕(乞王)이라는 별호가 추가되었다.

괴걸왕의 괴장에서 기운이 솟구친다.

"이 노인네가 미쳤나. 왜 갑자기 시비야?"

자운이 마주 손을 뻗었다. 그의 손에서 황금색 기운이 솟구치며 괴장의 기운과 연달아 충돌한다.

"으음."

자신의 기운과 자운의 기운이 계속 충돌을 거듭하자 괴걸왕이 신음을 흘렸다. 반발력이 밀려오는 것은 아니었지만, 그래도 삼성의 공력을 실은 공격인데 자운이 너무나 쉽게 막자 자존심이 상했던 것.

"이놈아, 젊은 놈이 한 수 재간이 있었구나."

"두 수, 세 수도 보여줄까?"

자운이 다른 손을 휙휙 움직였다.

그의 손이 허공중에서 휙 하고 사라진다. 손이 다른 곳으로 뚝 사라진 듯한 움직임. 그 움직임에 괴걸왕의 눈이 치켜떠졌다.

"이놈이!"

그리고는 자신의 손을 휘둘러 장법을 펼쳐 낸다. 단번에 괴걸왕의 옆에 나타난 자운의 손과 그의 손이 연달아 충돌했다.

쾅쾅쾅—

자운이 괴걸왕을 향해 이죽거리며 말했다.

"여기서 더하면 선인봉이 무너질 텐데?"

기가 막힌 말. 그 말은 자신이 괴걸왕이나 검선과 비슷한 경지에 올라 있다는 말이 아닌가?

'저렇게 젊어 보이는 얼굴에?'

괴걸왕이 미친놈 바라보는 눈빛으로 자운을 바라보았다.

"흘흘, 네가 반로환동이라도 했다는 말이냐, 이 미친놈아."

자운이 검을 뻗었다. 검에서 금색 기운이 일어나며 단번에 괴장을 쳐 낸다. 괴장을 타고 얼얼한 감각이 타고 올라오고,

자운이 단번에 괴걸왕의 품으로 파고들었다.

"앞에 건 비슷하고 뒤에 건 틀렸어."

반로환동 비슷한 길 하기는 했는데 반로환동은 아니다. 그리고 뒤에 말한 미친놈은 절대로 아니었다.

자운이 자신의 품으로 파고들자 화들짝 놀란 괴걸왕이 주먹을 뻗었다. 자운이 주먹을 피하기 위해 몸을 회전시켰다. 회전과 동시 뒤로 빠지며 뿌리는 퇴법. 용의 발톱이 허공을 갈랐다.

촤악 하는 소리와 함께 괴걸왕의 낡고 더러운 옷 조각이 찢어져 날렸다. 괴걸왕의 미간이 꿈틀 움직이며 용 우는 소리와 함께 괴걸왕의 손가락이 성큼 다가왔다.

개방의 타 절기에 비해 유명하지는 않으나 위력만큼은 절대로 뒤지지 않는 절기, 용음십이수(龍吟十二手)가 펼쳐진다.

용 우는 소리가 연달아 울리며 동시에 손가락이 각기 열두 번의 변화를 일으켰다.

총 육십에 달하는 변화가 자운을 향해 파고든다. 적지 않은 내력이 담겨 있어 맞으면 죽지는 않겠지만 치명상을 입을 것이 분명했다.

자운이 발끝으로 땅을 때렸다. 그리고 허리를 굽히며 철판교의 수법으로 머리가 땅에 닿을 듯 등을 굽힌다.

머리칼이 땅을 스치고, 용음십이수의 힘이 자운의 옷 고리를 스쳤다.

고리가 팍 하는 소리와 함께 풀려나고, 자운의 허리가 용수철마냥 튕기듯 제자리를 찾는다.

"미안하지만 안 맞았어."

그의 옆으로 용음십이수에 떨어져 나간 옷고름이 땅으로 흘러내렸다.

괴걸왕이 씨익 웃으며 말했다.

"흘흘, 나도 안 맞았다."

자운이 주먹을 흔들었다.

"괜찮아. 이제 때릴 거니까."

자운에게는 시종일관 여유가 있었다. 이제 스물 조금 넘은 얼굴로 보이는 인물이 천하의 괴걸왕을 상대하며 여유를 가진다?

괴걸왕으로서는 믿을 수 없을 뿐더러 인정할 수도 없는 사실이었다.

'어디서 이런 미친놈이 튀어나왔는고.'

자운이 그대로 돌진한다. 그의 손에서 파공음이 일며 그대로 공간이 좁혀졌다.

팡— 팡— 팡—

공간을 통째로 잡아먹는 듯한 자운의 주먹!

주먹이 단번에 허공을 가로질러 괴걸왕의 면전에 도달했

다. 괴걸왕이 헛바람을 들이켜며 고개를 비틀었다.

화살과 같이 빠른 자운의 손이 단번에 그의 얼굴이 있던 자리를 파고들고, 미저 피하지 못한 머리카락 몇 개가 그로 인해 후두두 떨어져 내렸다.

자운이 자신의 손을 회수하며 손가락 사이에 끼어 있는 머리카락을 보고는 중얼거렸다.

"아, 더러워. 젠장."

"거지에게 더러움은 최상의 미덕이지."

"구걸이 아니고?"

"그 또한 좋고! 흘흘."

괴걸왕이 취팔선보를 계속해서 밟았다. 취팔선보의 족적이 이리저리 흔들리며 자운에게로 향했다.

취한 신선의 걸음. 자운이 운해황룡을 펼치며 괴걸왕에게로 날아들었다.

"아해야, 이제 말해보아라. 도대체 여기에 온 이유가 뭐냐?"

그가 자운을 향해 두 주먹을 뻗으며 말한다. 괴장은 어느 틈엔가 바닥을 굴러다니고 있고, 괴장이 없는 양손에서 연달아 장력이 뻗어 나왔다.

"그러는 넌 이곳에 올라온 이유가 뭐냐?"

"흘흘. 고놈이 참, 말버릇은 고쳐지지 않는구나."

어디서 이런 미친놈이 튀어나왔는고 77

그가 자운의 뒤통수를 후려칠 기세로 손을 뻗었다. 하지만 쉽게 뒤통수를 허락할 자운이 아니다. 그 역시 마주 뻗어 뒤통수를 노렸다.

"이게 어디서 감히 어르신의 뒤통수를 때리려고."

자운이 어깨를 흔들며 주먹을 뻗었다. 괴걸왕의 뒤통수에 자운의 주먹이 닿으려는 찰나, 아슬아슬한 순간에 괴걸왕이 머리를 흔들었다.

독한 냄새가 풍기며 자운의 주먹이 허공을 가른다.

"젠장."

자운이 욕지기를 뱉으며 운해황룡의 퇴법을 밟았다.

눈앞 가득 모래먼지가 일어 눈을 가리고, 자운이 그 틈에 뒤로 빠져나간다.

"흘흘, 좋다. 노부가 이곳에 올라온 이유를 말해주면 너도 말을 해주는 것이렷다?"

"거래를 하자는 거야? 글쎄. 그건 들어봐야지."

자운이 어깨를 으쓱했다.

"흘흘, 장사를 할 줄 아는 놈이로고."

말없이 다시 어깨를 으쓱해 보이는 자운. 괴걸왕이 주먹을 꽉 말아 쥐었다.

"그전에 일단 넌 좀 맞아야겠구나. 흘흘흘, 입이 문제야, 입이."

주먹을 타고 개방 특유의 심법이 감돌고, 그의 손에 파지직 하고 전류가 휘감겼다.

전류는 한 마리 용이라도 된 듯 포효하며 자운을 향해 날려든다.

개방의 강룡십팔장(降龍十八掌)과 비슷하나 전혀 다른 초식. 자운은 이 초식을 사용하는 인물과 안면이 있었다.

자운이 화들짝 놀라며 그 인물의 이름을 외쳤다.

"공우!"

공우라는 말에 괴걸왕의 움직임이 움찔하며 멈춰 섰다. 자운이 단번에 성큼 괴걸왕에게로 다가갔다.

그리고 괴걸왕의 머리카락을 틀어쥐었다.

움찔했던 탓에 괴걸왕은 변변한 반항 한번 하지 못하고 자운의 손에 머리채가 틀어쥐어졌다. 자운이 얼굴을 가까이 가져가며 괴걸왕을 향해 물었다.

"너 공우랑은 무슨 사이냐?"

공우. 이백 년 전 자운의 또래이기도 했으며 동시에 개방의 후개였다. 또한 개방의 무공에 요상한 짓을 가해 세상에 다시 없을 뇌기를 띠고 있는 장력을 만든 놈이기도 했다.

자운이 인정한 무학의 천재였다.

저 수법, 뇌기를 머금은 강룡십팔장은 그가 자주 사용하던 수법이 아닌가?

그의 입으로 호언하기를, 이 수법은 자신의 제자가 아니면 절대로 알려주지 않을 것이라 했다. 그 말대로라면 지금 괴걸왕은 공우의 제자, 혹은 사손 정도는 된다는 말이다.

자운이 머리채를 잡아당기며 말하자 괴걸왕이 비명을 질렀다.

"으아아아아아! 너, 너, 이놈, 이거 놓아라! 이거 놓아!"

자운은 괴걸왕의 머리채를 놓아주지 않겠다는 듯 더욱 단단히 잡아채었다.

잡히기 전이라면 모르겠으나 자운의 손에 머리채가 들린 이상 빠져나가기는 쉽지 않을 것이다. 머리카락째로 우드득 하고 뜯겨 나가는 것을 감수한다면 충분히 빠져나갈 수는 있겠지만, 괴걸왕이 머리 중간이 빠져나간 자신의 모습을 떠올렸다.

"그, 그건 안 된다!"

갑자기 자지러지듯 비명을 지르는 괴걸왕. 자운은 그런 괴걸왕을 끌어다 자신의 앞으로 가까이 놓았다.

"말해. 너 공우의 제자냐, 아니면 사손이냐?"

그 말에 괴걸왕의 눈이 커지며 비명을 지르는 와중에 소리쳤다.

"으아악! 아윽! 으악! 이놈, 이놈아, 넌 도대체 누구기에 남의 사조님 이름을 그렇게 부르는 거냐?"

그제야 자운의 손에서 힘이 조금 빠져나온다.

"사조?"

그리고 보니 공우는 이백 년 전의 사람이 아닌가. 지금 살아 있을 리도 없을 뿐더러, 사손이 있다고 해도 전혀 이상할 게 없다.

단지 과거의 흔적을 만난 것이 너무 반가워 흥분했다. 자운답지 못했다.

"공우가 네 사조라는 말이지?"

그제야 괴걸왕도 무언가 이상하다는 사실을 느끼기 시작한다. 공우라 함은 괴걸왕의 사조일 뿐만이 아니라 개방의 방주였던 인물이다. 당금 무림에서 그 누구도 저렇게 친근하게 공우라는 이름을 부를 수 있는 인물은 없었다.

있다면 미친놈이거나.

'반로환동.'

괴걸왕이 침을 꿀꺽 삼켰다. 개인적인 생각을 말하자면, 그냥 미친놈이었으면 좋겠다. 눈앞의 이 사람이 반로환동을 한 사람이고, 정말로 공우 사조와 친분이 있다면 자신은 배분이 몇 배나 높은 사람한테 까분 격이 되는 것이다.

기사멸조의 대죄까지는 아니지만, 무림의 배분으로만 놓고 본다면 충분히 문제가 될 수 있었다.

'제발 저놈이 미친놈이기를······.'

그럼 자신의 사조를 능멸한 죄로 단번에 처죽일 수 있다. 왜 이리 계속 입안에는 침이 고이는지……. 침을 삼키다 말고 문득 그가 했던 말이 떠올랐다.

자신이 반로환동했냐고 물었을 때 정확하지는 않지만 그와 비슷한 거라고 답한 것이다.

이제는 괴결왕이 두 손을 꼬옥 말아 쥐었다.

'젠장.'

그냥 미친놈이어라. 그냥 미친놈이어라. 그냥 미친놈이어라. 그냥 미친놈이어라.

그렇게 속으로 주문을 걸다 문득 자신의 생각을 입으로 말해 버렸다.

"미친놈."

그것도 앞뒤를 다 잘라먹고 말이다. 미친놈이라는 말에 자운이 물끄러미 괴결왕을 바라보았다.

"죽을래?"

황룡난신

 무너져 내린 빙궁의 잔해 위에서 여인이 조용히 생각에 잠겨 있었다. 아무것도 입지 않은 나신을 타고 북해의 바람이 몸속으로 흘러든다.
 아무것도 신지 않은 발.
 북해의 바닥은 춥고 시리다. 견딜 수 없을 정도의 한기가 흘러들어 올 것이 분명하다.
 한데 여인은 너무도 편하게 그 위를 딛고 있지 않은가?
 이것은 평범한 사람이라면 흉내조차 낼 수 없다.
 빙공(氷功), 그것도 극상품(極上品)에 속하는 빙공을 일정 수준 이상으로 익혀야만 가능한 경지다.

한참을 생각에 잠겨 있던 그녀가 고개를 갸웃하고 움직였다.

마치 여기는 어디일까 하고 생각하는 모습. 그의 동공이 천천히 빙궁의 터를 응시한다.

기억에 익은 곳인데 너무 다르다.

이곳은 그녀의 고향이다.

이곳은 그녀의 대지다.

이곳이 그녀의 집이다

이곳은 그녀의 궁이다.

이곳은 그녀의 빙궁이었다.

그것을 분명히 잘 알고 있는데 어찌해서 이런 모습을 하고 있을까?

그녀는 빙궁의 소궁주였다. 그리고 잠에서 일어났더니 빙궁이 이런 모습이 되어 있다.

빙궁이 무너진 모습을 보면 분노든 뭐든 간에 알 수 없는 감각이 생겨야 정상인데, 이상하게도 그것을 느낄 수가 없다.

왜일까?

또 짧은 시간 생각에 잠겼다.

그리고 결론을 내렸다.

모르기 때문이다. 아무것도 모르기 때문에, 빙궁이 왜 이렇게 되었는지 알지 못하기 때문에 아무런 감정을 느낄 수 없는 것이다.

감정을 느낄 누군가가 빙궁을 몰락시켰다면 그 대상이 누군지 알아야 분노를 느낄 것이 아닌가.

또한 내분으로 빙궁이 스스로 멸문한 것이라면 왜 그렇게 되었는지 알아야 감정을 느낄 것이 아닌가.

온갖 감정이 존재했지만, 감정은 향해야 하는 갈피를 잡지 못했다.

그녀의 머릿속에 문득 어머니가 했던 말이 떠올랐다.

"빙궁에 무슨 일이 생긴다면 섬서로 가거라."

섬서로 가서 어느 문파를 찾으라고 했다. 그들은 빙궁과 밀접한 관련을 맺고 있으니 도와줄 것이라고 했다.

그녀 역시 어린 시절 몇 번인가 그 문파에 가본 기억이 있다.

물론 자신 또래의 친분이 있는 사람도 있었다.

장난기 많지만 무학에 있어서만큼은 천재적인 재능을 가지고 있던 사람. 그 사람은 말없는 자신의 곁에 와서 시시덕거리며 자신의 장난질을 늘어놓기를 좋아했다.

문득 감정이 치솟았다.

그 사람을 다시 보고 싶다.

왜일까?

왜 아무것도 남지 않은 빙궁의 빈터를 보며 그런 감각을 느끼게 되는 것일까?

의지하고 싶어서?

아무것도 남지 않았는데 의지하고 싶어서?

아무래도 섬서로 가보아야 할 것 같다.

그녀가 천천히 어미의 입에서 나왔던 문파의 이름을 곱씹었다.

'황룡문.'

그리고 그의 기억 속에 있는 사내의 이름도 곱씹었다.

'자운.'

그녀의 걸음이 섬서로 향하기 시작했다.

이백 년 전 멸문한 북해빙궁의 소궁주, 그녀의 걸음이 중원을 향했다.

* * *

괴걸왕을 이해시키는 데는 꽤 오랜 시간이 걸렸고, 여러 가지 방법이 동원되었다. 공우와 막역한 사이가 아니라면 잘 알지 못하는 여러 가지 이야기를 꺼내놓기도 했다.

또한 공우가 당시 만들어가던 무공들에 관한 이야기도 흘러나왔다. 지금 괴걸왕이 사용한 뇌전의 힘이 담긴 장법은 자운이 직접 실험 대상이 되었던 무공이기도 하다. 당시 화끈하고 찌릿한 감각이 온몸을 휩쓸어 삼 일을 끙끙 앓은 기억도 있다.

 공우라는 놈은 미안하답시고 구걸한 밥을 자운에게 먹이려 해 자운이 그릇을 뒤집어 버리기도 했다.

 사실 자운 스스로가 생각해 보아도 이백 년 전의 인물이 살아 있다는 사실은 쉽게 납득할 수 없을 것이다.

 자운 스스로도 현재 상황이 납득이 안 되니 타인이야 두말할 것도 없다.

 지금도 괴걸왕은 반신반의하는 눈치였다.

 자운이 길게 숨을 내쉬었다.

 "후우……."

 "그러니까, 당신이 정말 사조께서 말하시던 그분이라는 말… 이오?"

 자운이 고개를 끄덕였다.

 "그래."

 그의 말에 괴걸왕이 웃음도 한숨도 아닌 이상한 것을 흘린다.

 "허어, 흘흘, 노부는 도무지 이 상황을 믿을 수가 없소."

자운이 손을 아무렇게나 휘둘렀다.

"지금 내 앞에서 노부 소리가 나오냐? 이제 백 살 좀 넘은 게."

자운의 말에 괴걸왕이 침묵했다. 자운의 말이 사실이라면 적어도 자운의 나이는 지금 괴걸왕의 두 배 정도는 되었다.

하지만 아무리 봐도 적응이 되지 않는다.

반로환동이든 그 비슷한 거든 저 얼굴로 이백이 넘은 나이라니……

그가 자운을 향해 물었다.

"그럼 저는… 앞으로 당신을 뭐라고 불러야 하겠소?"

자운이 어깨를 으쓱해 보인다.

"글쎄… 뭐라고 불러야 하나."

자운도 문제고 괴걸왕에게도 문제다. 생각에 잠겨 있던 자운이 곧 해결책을 내놓았다.

"대고수 선배님이라고 불러."

"흘흘. 거절하오."

괴걸왕이 단박에 거절했다.

"그럼 개새무적 고수 선배님이라고 불러."

"흘흘흘흘."

이번에도 말 대신 고개를 젓는다. 그리고는 곧 타협책을 내놓았다.

"사석에서는 선배님이라 부르겠소."

"공석에서는 네 체면도 있으니 적당히 타협을 보자는 거 규."

자운이 고개를 끄덕이며 말하자 괴걸왕도 고개를 끄덕여 보인다.

"흘흘흘. 나도 무림에서 체면이 있고 하니 공석에서는… 음……."

"황룡문주, 혹은 천 문주라고 부르면 되겠지."

"그렇게 하겠소."

"단, 조건이 있어."

자운이 싱글벙글 웃으며 말했다. 그가 그렇게 웃자 괴걸왕은 괜스레 속이 불안해진다.

"흘흘. 뭐요?"

"공석에서는 반존대나 뭐 대충 네가 알아서 해도 되고, 사석에서는 존대해라."

자운의 말에 괴걸왕이 눈을 감았다.

"눈 감는다고 말이 안 들리냐?"

"흘흘. 귀도 감을 거요."

"존댓말 하라고."

자운의 말에 침묵하는 괴걸왕. 걸왕이 눈을 감고 침묵하고 있자 자운이 손을 뻗었다. 자운의 손이 대번에 괴걸왕의 이마를 빠악 후려친다.

 살기와 기운이 전혀 담기지 않은, 순수한 완력만으로 후려친 것이라 괴걸왕도 반응할 수 없었다.

 "캐액!"

 괴걸왕이 뒤로 넘어지며 바닥을 굴렀다. 죽을 만큼 아프지는 않았지만 나이 백이 넘어서 이마를 맞으니 죽을 만큼 기분이 나쁘다.

 "이게 뭐하는 짓이오!"

 "존댓말 하라고."

 "흘흘. 이, 이게 뭐하는 짓입니까!"

 "왜. 귀여운 후배 이마 좀 때렸다. 불만 있냐?"

 괴걸왕은 참는 수밖에 없었다.

 '저건 미친놈이다.'

 "끙."

 괴걸왕과 함께 한참을 선인봉을 살펴보던 자운이 선인봉에 나 있는 자국을 보며 말했다.

 "이거 무슨 검법 같아?"

 괴걸왕이 고개를 절레절레 흔든다.

 "저도 잘 모르겠군… 요. 무언가 묵직한 게 떨어진 흔적 같은데……."

"아까도 봤다시피 이건 검상으로 생긴 거지. 묵직한 검격으로 이런 형태를 만들 수 있는 검법, 혹시 아는 거 있어?"

개방은 정보력을 놓고 비교하자면 하오문에 비견될 정도로 뛰어난 문파다. 그런 개방의 정보력대로라면 이런 무공이 몇 개 정도는 나올 것이다.

그의 말에 괴걸왕이 고개를 끄덕였다.

당연히 개방의 정점에 서 있다고 볼 수 있는 그는 이러한 검법에 대한 정보를 몇 개 가지고 있었다.

그중에는 무림 사상 최악이라 불린 마공도 있었으며, 지금 이름을 날리는 고수가 사용하는 것도 있었다.

"묵직하면서도 넓은 범위를 자랑하는 검법이라면 칠성문(七成門)의 탐랑검(貪狼劍)도 있고, 지금은 사라진 천검곡(千劍谷)의 폭성검(爆聲劍)도 있지요. 삼백 년 전 하남에서 이름을 날리던 성천자(星天子)의 백이은하검로(白二銀河劍路)도 이런 흔적을 만들 수 있겠고……."

괴걸왕이 몇 가지 무공을 주르륵 내놓았다. 그 무공들은 자운 역시 알고 있는 것들이었다. 간간이 자운이 알지 못하는 무공 몇 개가 흘러나와 자세히 묻기는 했다.

하지만 자운의 판단에 그것들로는 이러한 문양을 만들 수가 없었다.

그의 말을 계속해서 듣는 와중에도 자운은 선인봉이 새겨진 검상을 살폈다.

아무리 보아도 안면이 있는 무공인 듯했다.

생각이 날 듯 말 듯한데 정확하게 떠오르지가 않는다.

'유성······.'

하늘에서 떨어지는 별, 긴 꼬리를 그리는 유성이 문득 떠올랐다.

그리고 그 순간, 괴걸왕이 말한 무공이 자운의 뇌리를 스치고 지나간다.

"잠깐."

한참 무공을 떠벌리는 괴걸왕의 입을 자운이 멈추었다.

"흘흘. 왜 그러십니… 까?"

아직까지 존댓말이 익숙하지 않은 것인지 괴걸왕이 조금 뜸을 들이기는 했으나 지금 문제는 그것이 아니다.

자운의 얼굴이 창백하게 변했다.

아니, 창백하게 변했다기보다는 냉담하게 식어버렸다고 해야 할 것이다.

"방금 말했던 무공, 다시 말해봐."

"오성락(五星樂) 말씀이십니까?"

자운이 고개를 흔들었다.

"아니, 그 앞에."

"성우적하검(星雨赤霞劍)··· 설마······?"

말을 하다 말고 괴걸왕이 단번에 자운의 옆으로 뛰어왔다. 그리고 검상의 자국을 찬찬히 살피기 시작한다.

자운 역시 마찬가지였다.

그의 말을 듣는 순간, 머릿속에서 떠오르는 단 하나의 검법.

이백 년 전 전장에서 보았던 검법이다. 압도적인 무위를 자랑하던 적의 수괴가 사용하던 검법이다.

물론 그의 사부에게 패했지만, 사부 역시 그를 상대하며 적지 않은 상처를 입은 기억이 있다.

자운이 고개를 절레절레 흔들었다.

'그건 아니어야 하는데……'

하지만 무공의 이름을 알고, 기억이 조금씩 떠올려지며 그것은 확신으로 바뀌어갔다.

많은 정보를 손에 쥐고 있기에 검법을 알아볼 수 있는 괴걸왕의 표정 역시 좋지 않게 굳어갔다.

그 역시 이 검법을 알아본 것이다

자운이 고개를 들었다.

괴걸왕 역시 고개를 들어 자운을 바라보았다.

"맞는 거 같네."

자운이 차갑게 식은 표정으로 말했다. 그 말에 괴걸왕이 고개를 끄덕이며 선인봉 아래를 내려다보았다.

저건 미친놈이다

"흘흘흘. 어쩌면… 한차례 피바람이 불겠군요."
자운은 아무 말도 하지 않았다.

*　　　*　　　*

선인봉에서 내려온 자운은 단번에 운산과 우천을 찾았다. 그들 역시 갑작스럽게 사라진 자운을 찾고 있었기에 그들을 발견하는 것은 어렵지 않았다.

"어디를 다녀오신 겁니까, 대사형?"

자운이 머리를 긁었다.

"아, 별거 아니야. 화산파 구경 좀 하고 왔지."

운산이 자운을 향해 말한다.

"그러다가 자칫 화산의 금지에라도 들어가면 어쩌려고 그럽니까. 지금 화산의 문제가 작은 게 아니라 화산에서도 매우 민감하단 말입니다."

그들은 자운이 화산의 금지에 들어가는 것을 걱정했으나 자운은 속이 뜨끔했다.

이미 화산의 금지인 선인봉에 들어갔다 왔기 때문이다. 그것을 들키지 않기 위해 자운이 괜히 씨익 웃었다.

"걱정도 팔자다. 아무 걱정 하지 마라. 그럴 리는 없으니까."

금지에는 들어갔지만 걸릴 일은 없으니까. 자운이 하고 싶은 말은 이것이었지만, 사실을 그대로 말했다가는 운산이 또 뭐라고 할지 몰라 그럴 일이 없다고 했다.

 자운의 말에 운산이 고개를 끄덕인다.

 "다행이군요. 그보다 검선께 조의는 표하셨습니까?"

 자운이 고개를 흔들었다.

 "내가 미쳤냐?"

 나보다 족히 백 살은 어린 꼬맹이한테 고개 숙이고 절을 하느냐는 말이 목구멍으로 올라왔다.

 자운은 간신히 그것을 찍어 눌렀다.

 "검선은 무림의 선배이십니다. 무림의 평화를 위해 노력하신 선배를 위해서 조의를 표하는 것이 왜 미친 일입니까!"

 운산이 소리쳤다.

 자운이 고개를 으쓱해 보인다.

 "그렇게 평화를 위해서 힘썼기 때문에 사파 따위가 황룡문을 압박하고 있나?"

 자운이 고개를 빙글 돌리며 운산에게 물었다.

 "많은 무림의 명숙들은 항상 말하곤 하지. 정파무림의 평화와 안녕을 위해 힘썼다고."

 자운이 빙글 몸을 돌렸다.

 "하지만 그들이 실제로 한 게 뭐가 있지?"

저건 미친놈이다

자운이 싱글벙글 웃으며 그들을 바라본다.

주변의 시선이 이상한 눈으로 자운을 바라보기 시작했다. 이곳은 화산이다.

그리고 많은 무림인들이 화산에 모인 이유, 그것은 조문을 표하기 위해서다.

한데 지금 저자는 노골적으로 검선을 조롱하고 있다.

조롱하고 있는 것은 검선뿐만이 아니다. 그 검선을 품은 화산과 무림의 명숙들을 싸잡아 조롱하고 있다.

무림인 하나가 자운의 어깨를 잡았다.

"소형제, 말이 좀 심한 것 같……."

자운의 어깨를 잡은 그의 손이 단번에 튕겨 나간다.

"으악!"

그가 바닥을 구르며 비명을 질렀다. 자운이 그를 내려다보다 말고 시선을 옮겼다.

한 번의 소란으로 모든 시선이 자운을 향하고 있었다.

"내가 틀린 말을 했나. 그래, 좋아. 그렇다고 치지. 그럼 너희들은 뭘 했지?"

자운이 좋은 옷을 입고 중후하게 나이가 든 인물들의 눈을 하나하나 마주치며 말했다.

"너희가 정파무림을 위해서 뭘 했지?"

한 것은 없다. 명숙이라고는 하지만 딱히 정파무림의 위해서 무언가를 한 적이 있던가?

십오 년 전, 정사대전 이후 그 피해를 복구하기에 급급했다.

정파를 위해서 무언가를 했다기보다는 자문을 위해서 무언가를 했다고 봐야 할 것이다.

"너희는 힘이 약해진 문파를 버렸다."

그중에는 황룡문이 속해 있다. 황룡문 말고도 정사대전에서 자신들의 피해를 도외시하고 앞장서 싸웠던 문파들이 버려졌다.

몇 개가 망하고 몇 개가 간신히 명맥을 유지하고 있는지 알 수 없다.

"조금만 손을 뻗으면 그들을 구할 수 있었다. 뒷방에서 뒷짐 지고 있던 너희를 대신해서 앞장서 싸운 문파들이 너희들의 손에 의해 버려졌다."

주위가 대번에 숙연해졌다.

그 말에 동의하는 문파가 몇 있었던 것. 하나 반대로 반발하는 문파들도 있었다.

"이놈, 젊은 놈이 못하는 말이 없구나! 여기가 어디라고 감히 그런 망발을!"

누군가가 자운을 향해 소리쳤다.

자운이 손을 뻗었다. 손에서 강력한 경력이 일며 그의 가슴팍을 후려친다.

간단한 한 수에 그가 밀려나 바닥을 굴렀다.

"쿠억!"

"저자는 누구지?"

자운이 바닥을 구르는 인물을 응시했다. 누군가의 목소리가 자운에게 전해졌다.

"호북 천수문(千手門)의 고대기 장로, 너는 무림을 위해서 무엇을 했나?"

자운이 그를 조롱하듯 웃으며 말했다.

"목숨 걸고 너희들을 지켜준 문파를 위해 작은 무언가를 해본 이가 여기 있어?"

자운이 콧방귀를 뀌며 좌중을 살핀다.

어느 하나 감히 나서는 이가 없었다.

이 자리는 쉽게 나설 수 있는 자리가 아니다. 사람들이 슬글슬금 뒷걸음질을 치기 시작했다.

주변에는 많은 이들이 몰려들고 있다. 화산의 이도 있었고, 소림의 이도 있었다. 꽤 명문대파의 이들이 자운의 모습을 보며 눈을 찡그렸다.

그들을 피하기 위해 걸음을 물리는 것이다.

점차 대문파의 인물들은 늘어났다.

제갈세가의 이들도 자운을 알아보았다. 우천과 제갈수가

서로에게 가볍게 고개를 끄덕여 인사를 했다.

지금 자운이 하는 일로 인해 대놓고 인사를 하기는 조금 상황이 그랬던 것이다.

점점 사람들이 모여들었다.

자운도 그들을 보고 있었고, 그들의 기운을 느끼고 있었다.

"소협, 말이 과한 것 같소이다. 아무리 쌓인 것이 있다지만 이 자리는 무림의 명숙이신 검선께 예를 표하기 위해 모인 자리가 아닙니까."

소림승 중 하나가 보다 못하고 자운을 말렸다. 자운이 고개를 휙 돌려 소림승을 노려본다.

자운이 손을 뻗고 다가갔다.

일 보(一步)와 일 수(一手).

승은 대경하며 뒤로 피하려 했으나, 자운의 손이 기기묘묘한 각도로 꺾어지며 단 한 걸음에 공간이 좁혀진다.

그리고는 그의 승복을 움켜잡았다.

"소림은 무엇을 했지?"

자운의 완력에 승복이 잡힌 승려가 숨을 고르게 쉬지 못하고 캑캑거렸다.

"캑, 캑! 소, 소협, 이걸 좀 놓으시고……."

뒤에서 바라보던 다른 승려들이 자운의 행동에 분기탱천해 소리쳤다.

"이놈, 그분이 누구신지 알고 하는 말이냐?"

자운이 고개를 흔들었다.

"몰라. 알 게 뭐야. 확실한 건 뭔지 알아?"

자운이 잡고 있던 승려를 바닥에 아무렇게나 던져 버린다. 그 힘이 얼마나 대단했는지 승려는 낙법을 펼치지 못하고 바닥을 굴렀다.

단순하게 던진 듯하나 많은 변화와 무리가 숨어 있는 던지기. 주변 인물들의 눈빛이 변했다.

아까 보여준 일 보와 일 수, 그리고 이번에 보인 던지기.

눈앞의 청년은 보통 청년이 아니다.

고수. 비록 기습적이었다고는 하나 소림승을 간단하게 제압할 수 있을 정도의 한 수 재간이 있는 고수다.

"나는 몰라. 검선이라는 사람이 도대체 무림을 위해서 무엇을 했고 무엇을 희생했는지. 폐관에 들어 있었으니까."

무려 이백 년 동안 폐관에 들어 있었으니까.

"그런데 내가 이번에 좀 들은 소문이 많아."

정보를 알게 된 것은 하오문을 통해서였다. 십오 년 전 일어난 정사대전. 사실 그것에 대한 정보를 듣게 된 것은 간단한 호기심에서였다.

당시의 황룡문주가 사도천주와 함께 생을 마감했다기에 어떻게 흘러간 것인지 알고 싶어서였다.

한데 전후의 일이 가관이었다. 어찌 된 것인지 앞장서서 싸웠던 문파들이 하나둘씩 망해가기 시작했다. 무림에서 이름을 날리던 문파가 분명한데 망해가기 시작한 것이다.

그리고 이번에 괴걸왕과 이야기를 나누던 도중 이상한 것을 알게 되었다.

지금 하나둘씩 사라져 가는 문파들이 과거 이백 년 전 적성을 막아내는 데 힘을 보탠 문파들인 것이다.

그들의 절기가, 그들의 무공이 사라지고 있었다.

그리고 이번에 화산에 나타난 적성의 흔적, 이것을 모두 우연이라 말할 수 있을까?

그럴 수는 없다.

분노가 치솟았다.

아무리 자신들의 문파를 복구하는 것이 시급했다 하더라도 같은 정파끼리, 대의를 논하는 정파라면 한 번쯤 신경을 써줄 수도 있지 않았는가?

"무관심 속에서 그들이 죽어갔다."

자운이 걸음을 저벅 내디뎠다.

쩌적 하는 소리와 함께 땅이 갈라지고, 자운의 족적이 바닥에 선명하게 새겨졌다.

끝을 알 수 없는 방대한 내공이 그의 몸에서 치밀어 오른다.

자운이 무림의 대문파들을 하나하나 노려보았다.

"무림의 신성? 무림의 구세주? 과연 정파의 대문파들이 그런 이름을 달 자격이 있는가?"

자운의 몸에서 솟구친 기세가 하늘을 덮어가기 시작했다.

화산의 하늘에 자운의 기운이 내려섰다.

모든 것을 짓눌러 버릴 정도로 강한 기운, 패도적인 기운이 천지사방을 눌러 내린다.

"그들이 사라질 동안 소림은 무엇을 했지? 화산은 무엇을 했지? 무당은 무엇을 했지?"

자운이 말을 해보라는 듯 그들을 바라보았다. 자운을 말리려던 소림승이 자운과 눈이 마주치자 고개를 푹 숙이며 불호를 외웠다.

"아미타불."

무당 역시 무량수불을 조용히 중얼거리며 고개를 숙였다.

화산은 고개를 숙이지 않았다. 물론 자신들이 주변의 작은 방파에 관심을 갖지 못한 것이 있다.

하지만 이 자리는 화산의 검선에게 조의를 표하기 위한 자리이지 않는가?

자신의 사사로운 울분을 표하기 위한 자리가 아니었다.

화산의 장문인 무연 진인이 나섰다. 그의 검이 마치 매화꽃이 파도치는 것과 같다 하여 무림에서 부르는 이름이 화랑거사(花浪巨士). 그에게 거사(巨士)라는 별호가 붙은 것은 평소 그의 모습이 도를 닦는 도인이라기보다는 선비와 같았기 때문이다.

"허허, 소협. 내 소협의 마음은 십분 이해하네. 하지만 이 자리에서는 본 파를 위해 참아주었으면 하네."

화랑거사가 자운을 향해 손을 내밀며 말했다.

"추후 내 자리를 바탕하여 그들에 대한 보상을 하도록 하겠네."

자운이 화랑거사의 말에 콧방귀를 꼈다.

"흥. 말은 잘하네. 좋아, 그럼. 너희는 너희가 그렇게 자랑하는 검선이 누구의 손에 죽었는지 알고 있나?"

사실 지금까지는 무대를 만든 것이다. 사람들의 이목을 집중시키기 위해 만든 자리였다.

겸사겸사 울분을 토한 것이다.

이제 화산에 모인 모든 무림인들의 시선이 자운에게로 집중되었다. 자운이 좌중을 둘러보았다.

그리고 자신이 던진 말 한마디가 얼마나 큰 파장을 불러오고 있는지 직접 실감했다.

대부분의 인물들이 뜨악하는 표정으로 자운을 주목했고, 화랑거사의 입술이 씰룩거렸다.

"소협, 그게 무슨 말이오?"

"무슨 말이긴, 너희가 하다가 만 조사, 내가 선인봉에 올라가서 다시 했다고."

자운이 손가락으로 화산파를 지목하며 말했다. 그 말에 화산의 검수들이 대번에 검을 뽑아 들고 자운을 겨누었다.

자운의 목에 시퍼런 화산의 검날이 향하고, 화랑거사가 자운을 불편한 눈으로 바라보았다.

"지금 화산의 금지인 선인봉에 올랐다는 말로 들어도 되겠소?"

목이 검에 닿아 있는데도 자운은 겁도 없이 고개를 끄덕였다.

"물론, 그래도 되지."

화랑거사와 자운의 눈이 마주쳤다.

"남의 문파에 와서 금지에 오르는 것은 자랑이 아니오."

"나도 인정해. 하지만 이쪽도 나름대로 이유가 있어."

자운이 검수들의 검을 잡으며 말했다. 자운이 자신들의 검을 잡으려 하자, 자운의 목에 검을 겨누고 있던 팔 인의 검수가 빠르게 자운의 제공권에서 벗어났다.

하지만 자운의 손이 더 빨랐다.

단번에 펼쳐지는 공수탈백인.

자운의 손에 검을 끌어당기는 무언가가 있기라도 한 것처럼 검수들의 검이 딸려 들어온다.

착착착—

자운이 검수들의 검을 그대로 던져 버렸다. 순식간에 검을 빼앗기고 맨손이 된 검수들이 자운을 바라보았다.

"검선이 죽던 날, 본 문이 습격을 당했지."

자운이 화산의 검수들을 보며 오만하게 말했다.

"재밌지 않아? 전 무림의 시선이 화산으로 향한 날, 황룡문이 습격을 당했다고."

말을 하는 자운을 운산과 우천이 그런 일이 있었냐는 듯 바라보았다. 자운이 그들이 알지 못하게 처리했으니 당연한 반응이었다.

자운은 그들을 향해서 가볍게 고개를 끄덕여 보이고는 다시 화랑거사를 바라보았다.

"우연이라기에는 절묘했다. 물론 본 문이 검선으로 눈가림을 하면서까지 쳐야 할 대단한 문파는 아니야."

화랑거사가 자운을 노려보았다. 도대체 눈앞의 이 젊은 사내는 무엇을 말하려고 하는 것일까?

"근데 놈들의 수괴가 이렇게 말하더라고. 화산으로 가보라고."

입을 뭉그러뜨려서 정확한 발음은 아니었지만, 화산이라는 두 글자는 알아들을 수 있었다.

"그리고 들려오는 검선의 사망 소식. 뭔가 느낌이 왔지?"

자운이 짝 하고 손바닥을 때렸다.

"그래서 선인봉에 올라갔어."

"자네의 사정은 이해했네. 하지만 지금 내가 궁금한 것은 자네가 선인봉에 올라갔다는 사실이 아니네."

자운이 고개를 끄덕였다. 당연히 그럴 줄 알았다. 선인봉에 올라갔다는 사실 하나로 검수들이 자운의 목을 겨눌 리가 없으니까.

"그렇겠지. 내가 거기서 뭘 발견했는지가 중요하겠지."

자운이 주변의 무림인들을 찬찬히 바라보았다. 지금 화산으로 쏠린 전 무림의 시선이 자운에게로 향했다.

자운이 뜸을 한 번 더 들였다.

"사실 선인봉에 올라간 건 나 혼자가 아니야."

자운이 주변을 휙휙 둘러보았다.

그리고는 소리쳤다.

"이제 그만 나오시죠!"

그의 말에 악취가 진동하며 남루한 거지 하나가 대번에 허공에서 날아든다. 괴장을 들고 결이 없는 거지. 그를 알아본 무림인들이 하나같이 소리쳤다.

"괴걸왕!"

"개방의 태상방주!"

그들의 반응에 괴걸왕이 고개를 끄덕인다. 그리고는 자운을 향해 눈짓을 해 보였다.

'어떠냐, 내 반응이 이 정도다'라는 눈빛.

자운이 그를 향해 단번에 전음을 날린다.

[죽는다. 판 열어놨으니까 장난치지 말고 각본대로 해라.]

그가 고개를 끄덕인다.

[흘흘. 그러지요, 선배님.]

괴걸왕이 고개를 끄덕이고는 자운이 깔아놓은 판을 보았다. 무림인들이 바글바글 몰려 있다.

그리고 자운의 울분을 들었을 때, 판을 짜기 위한 연극이라는 사실을 알고 있으면서도 한편으로는 뜨끔했다.

'방으로 돌아가면 이놈들 시켜서 주변의 문파 좀 신경 쓰라고 해야겠다.'

그런 마음까지 먹었을 정도다.

그가 무림인들을 바라보다가 화랑거사와 눈이 마주쳤다.

화랑거사가 괴걸왕을 보고 의문스러운 표정을 짓고 있다. 갑자기 젊은이가 괴걸왕을 불러내다니, 의문스러울 만도 할 것이다.

그가 화랑거사를 보며 입을 열었다.

"천 문주와 함께 선인봉에 올랐던 이는 바로 날세. 흘흘흘."

그가 특유의 웃음소리를 흘렸다.

그의 발언에 전 무림인이 경악한 표정을 지었다. 그가 왜 걸왕(乞王)이 아니라 괴걸왕(怪乞王)인지는 잘 알고 있다.

한데 아무리 그라도 화산의 금지에 올랐다는 사실에 무림은 경악할 수밖에 없었다.

과연 괴(怪)는 괴(怪)다.

화랑거사가 괴걸왕을 보며 말했다.

"아무리 괴걸왕이라 하시더라도 이번 일은 피해가기 어려우실 겁니다."

그 말에 괴걸왕이 혀끝을 찼다.

"쯧쯧. 그새 잊은 게로구먼. 나와 천 문주는 그냥 선인봉에 오른 게 아니네. 알아볼 것이 있어서 올랐지."

그가 슬쩍 자운을 바라보았다. 그의 눈길에 자운은 남모르게 씨익 웃으며 고개를 끄덕였다.

잘하고 있다는 뜻. 고개를 돌리며 문득 괴걸왕은 자신의 처지가 처량해지는 것을 느꼈다.

'내가 이 나이 먹어서 남의 눈치나 봐야 하다니……'

설사 나이가 자신보다 배는 많더라도 그래도 외모는 스물이 아닌가!

차라리 외모라도 이백 년 먹은 노괴물이라면 인정하겠지만, 이건 외모가 아니라 속이 이백 년 먹은 노괴물이다.

신세한탄을 하면서도 걸왕은 해야 할 말은 계속했다.

"그리고 그곳에서 아주 중요한 것을 발견했네."

다음에 이어진 괴걸왕의 말은 그야말로 충격 그 자체였다.

"검선이 어느 무공에, 누구의 손에 당한 것인지 알게 된 것이지. 물론 그 과정에서 천 문주의 도움은 상상할 수 없을 정도로 컸네."

마치 그가 없었다면 흉수를 알아내지 못했을 것이라는 말투. 아마도 이것으로 화산의 금지에 들어간 죄의 대부분을 덜어낼 수 있으리라.

또한 이렇게 괴걸왕이 직접 나서서 자운을 옹호했으니 화산으로서도 자운을 처벌하기 어려워진다.

그를 처벌하려면 그와 함께 금지에 들어간 괴걸왕을 처벌해야 하기 때문이다.

화랑거사의 손이 부들부들 떨렸다. 지금 그들에게 중요한 것은 자운과 괴걸왕이 금지에 들어갔다는 것이 아니다.

그들의 자존심이자 자부심인 검선을 살해한 범인을 알아내었다는 것이 더 중요했다.

괴걸왕이 그들을 둘러보며 말했다.

"자네들은 선인봉에 새겨진 자국이 무언인지 아는가?"

화랑거사가 화를 삭이며 고개를 흔들었다. 그 수법을 알아내기 위해 몇 주야를 노력했으나 감조차 잡을 수가 없다.

그저 알아낸 것이라곤 무언가 육중한 것이 허공에서 떨어졌다는 사실뿐이다.

하지만 그 정도야 세 살 먹은 아이도 알 수 있을 것이다.

"그 흔적, 그것은 검으로 만들어진 것이라네."

그 말에 화랑거사의 눈이 튀어나왔다. 소림승 역시 마찬가지다. 방금 전 자운에게 제압당했던 소림승의 대표로 보이는 이가 걸어나와 그를 향해 물었다.

"아미타불. 소승도 직접 보지는 못했으나 그 흔적에 대해서 들어서 알고 있습니다. 괴걸왕께서는 지금 그 흔적이 검으로 만들어진 것이라고 생각하시는 겁니까?"

아무리 생각해도 그러한 흔적은 검으로 만드는 것이 불가능했다.

승려의 말에 괴걸왕이 콧방귀를 뀐다.

"흥! 범혜(凡惠), 너는 내 말을 믿지 못한다는 말이냐?"

괴걸왕의 말에 반문했던 승려, 범혜가 움찔하며 뒤로 물러섰다.

"훌훌. 천 문주, 보여주시게."

괴걸왕이 자운을 보며 말했다. 자운이 고개를 끄덕이며 앞으로 걸어나왔다.

그리고는 허리춤에서 검을 뽑는다.

스르룽 하고 뽑힌 검이 단번에 허공에 검영을 그리고, 수 개의 변화가 어우러졌다.

검영과 검영이 뭉쳐지며 자운의 검을 따라 바닥을 훑고 지나간다.

퍼석 하는 소리와 함께 새겨지는 검상. 그 모습은 거미줄과 같고 선인봉에 나 있는 상처와 같았다.

"놈!"

화랑거사의 옆에 있던 검수 하나가 대번에 자운을 향해 달려들었다. 자운이 그것을 펼치는 것을 보고 흉수라 생각한 것이다.

그의 생각이 짧았다.

자운이 흉수였다면 오래전에 괴걸왕에게 제압당했을 것이다.

또한 그의 무공 역시 자운에 비해서 짧았다.

그를 향해 자운이 손을 뻗었다.

"미쳤냐?"

자운의 손에서 황룡이 일어난다. 황룡이 용음(龍音)을 내며 단번에 검수를 향해 돌진했다.

콱―

황룡이 그대로 검수를 깨물고, 바닥을 내리쪽었다. 바닥이 갈라지며 검수가 고개를 뒤로 젖혔다.

죽지는 않았으나 실신했다.

화산에서 자랑하는 매화검수가 단 한 수에 제압당한 것이다.

비록 무공을 펼치기 전이었다고는 하나 이것은 현격한 실력 차이였다. 눈앞에 있는 황룡문의 자운이라는 젊은이가 생각보다 훨씬 고수라는 말이다.

화랑거사를 포함한 무림인들이 침을 꿀꺽 삼켰다.

방금 전, 범혜를 제압했을 때까지만 해도 한 수 재간이 있지만 기습이라고 생각했다.

하지만 이제는 아니다.

그것은 기습이 아니라 압도적인 실력 차이였다.

'아미타불.'

범혜가 불호를 외웠다.

'도대체 이 젊은이는 어디 있다가 튀어나온 이란 말인가.'

괴걸왕은 그런 그들을 보며 콧방귀를 뀌었다.

'쯧쯧.'

진실을 말해줄 수는 없었다. 그러지 않기로 했으니까.

자운이 자신을 공격한 화산의 검수를 내려다보며 이죽거렸다.

"이게 돌았나. 화산의 기세니 기개니 하더만 결국은 기습이냐?"

자운의 이죽거리는 표정이 화산파 인물들에게로 향했다.

확실히 이것은 기습이었다.

화산의 인물이 기습을 한 것이다. 비록 분노로 인해 이성을 통제하기 어려웠다고는 하지만, 그것을 통제하기 위해 심법이 있는 것이 아니던가.

이것은 기본적으로 마음을 다스리지 못한 검수의 문제이고 화산의 실수였다.

화랑거사가 자운을 향해 고개를 숙였다.

"죄송하오, 천 문주."

호칭 역시 소협에서 천 문주로 바뀌었다. 실력을 보이자 호칭이 바뀐 것이다. 자운이 발로 검수를 툭 찼다.

"넌 저리 꺼져."

실신한 채로 검수가 화산파 인물들에게로 굴러갔다. 그 모습이 흡사 나려타곤과 같다. 화산의 검수들이 수치심에 물들었지만, 그들은 감히 자운에게 무어라 할 수 없었다.

먼저 기습을 한 것은 이쪽이니 체면이 상하더라도 참아야 하는 것이다.

사실 검수 중 하나가 이건 너무하지 않느냐고 외치려고 하는 것을 화랑거사가 말렸다.

그리고는 자운과 괴걸왕의 눈을 응시한다.

"후우. 이 일에는 본 파가 사과를 하겠소. 지금 이 검수를 보름간 참회동에 보내겠소이다."

자운이 고개를 끄덕이며 어깨를 으쓱했다.

"그 정도라면 뭐……."

"그럼 이제 말해주시오. 그분을, 스승님을 살해한 자가 누구요?"

매화검선은 화랑거사의 스승이었다.

자운과 괴걸왕을 바라보는 화랑거사의 눈이 숨길 수 없이 떨리고 있었다.

걸왕과 자운이 동시에 고개를 끄덕였다. 괴걸왕이 소림의 범혜를 바라보았다.

"조만간 방장 대사에게 내가 뵙자 한다고 전해라."

그리고는 주변을 바라본다. 지금 이곳에는 전 무림의 시선이 모두 집중되고 있다고 봐도 무방하다.

이곳에서 진실을 말해 앞을 대비하자는 것이 자운과 괴걸왕이 내린 결론이었다.

"선인봉에 남겨진 검상. 흘흘. 그것은 바로 성우적하검(星雨赤霞劍)이라는 검술이었다."

걸왕이 주변을 돌아보았다. 몇몇이 성우적하검이라는 이름에 움찔한다.

이백 년 전의 검법. 지금은 그 이름과 함께 그 위력마저 잘 알려지지 않았지만, 몇몇은 아직 기억하고 있는 것이다.

"흘흘. 아는 사람이 몇 있는 것 같군."

걸왕이 그들을 바라보며 말했다. 화랑거사도 성우적하검을 들어본 듯 눈을 크게 치켜떴다.

사실 그들에 대한 건 비밀도 아니었다. 이백 년 전 무림을 말아먹을 뻔했던 세력이 아닌가?

고작 이백 년이다.

그사이에도 많은 문파가 흥하고 망한다고 하지만, 무림에 있어서 그 정도로 강렬하게 인상을 각인시킨 세력도 없었다.

그리고 그들의 수괴 중 하나가 사용하는 검법이 성우적하검이었다.

"설마?"

화랑거사의 말에 괴걸왕이 고개를 끄덕였다.

"아무래도 그 설마일세."

무림은 지금부터 준비를 해야 할 것이다.

"적성이 다시 준동하는 듯하네."

그의 말을 알아들은 대부분의 인물들이 경악을 금치 못했다.

이백 년 전 무림을 말아먹을 뻔했던 조직이 다시 준동한다는 꼬리를 잡았다.

괴걸왕이 뒤에 서서 웃음 짓고 있는 자운을 바라보았다.

자운이 아니었다면 아마도 꼬리를 잡는 데 오랜 시간이 걸렸을 것이다.

그런 점에서 자운은 무림을 구한 신성이라고 보아도 무방하다.

그것을 아는지 모르는지 그는 자문의 제자들과 함께 시시덕거리고 있었다.

괴걸왕이 그 모습을 보고 중얼거렸다.

"미친놈."

단번에 전음이 날아들었다.

[죽는다?]

第六章
다음에 또 저런 새끼 들어오면 양물을
잘라 버릴 거야

황룡난신

 적성이라는 말에 주변이 소란스러워졌다. 다들 적성에 대해서는 대부분 한 번쯤은 들어 보았을 것이다.
 붉은 별.
 적성이라는 이름과 함께 유명한 또 하나의 이름. 그들은 무림 제패라는 거창한 명문을 가지고 일어난 이백 년 전의 조직이었다.
 단일 조직으로서는 그 누구보다 강했으며, 또한 고수의 수 역시 적지 않았다.
 그들 중 최고라 불리던 칠적(七赤)은 당시 무림의 절대자들과 맞먹는 무위를 가지고 있었을 정도. 그런 그들이 다시 준동했다는 사실은 쉽게 믿을 수 있는 것이 아니었다.

누군가가 괴걸왕을 향해 소리쳤다.

"그 무공이 성우적하검이라고 단정 짓는 것은 너무 성급한 처사가 아닙니까? 백번 양보해서 성우적하검이라고 하더라도 누군가가 그들의 비급을 주워서 익혔을지도 모르지 않습니까?"

여기저기서 그 의견에 동조하는 의견들이 흘러나왔다.

"맞는 말이오. 단지 그 하나로 적성이라는 단체가 다시 준동하기 시작했다는 말은 믿을 수 없소."

그들이 잠잠해질 때까지 괴걸왕은 단 한마디도 하지 않았다. 괴걸왕이 입은 다문 채 그들을 바라보고 있자, 어느 순간 다시 침묵이 돌아왔다.

괴걸왕은 그제야 입을 열었다.

"흘흘. 물론 그럴 수도 있지. 흘흘흘. 하지만 너무나 공교롭지 않은가?"

그가 여러 문파의 이름을 주르륵 부르기 시작한다.

"백검문(白劍門), 황룡문(黃龍門), 북해빙궁(北海氷宮), 신검장(神劍莊), 그 외에 이름이 불리지 않은 많은 문파들, 이들이 어떤 문파들이었는지 기억하는가? 흘흘흘."

대부분의 사람들은 기억하고 있을 것이다. 지금은 망해 버렸거나 그 영향력이 과거와는 달리 완전히 죽어버리다시피 한 문파다.

그리고 이백 년 전 적성과 맞서 가장 선두에서 싸웠던 문파이기도 하다. 무림의 구세영웅들이 몸담았던 문파란 말이다.

좌중이 입을 열지 않자 자운이 낮게 으르렁거리는 목소리로 괴걸왕의 말을 받았다.

"북해빙궁은 당시에 적성의 공격을 받고 멸문했다고 하지만, 다른 문파들은 명맥을 유지하고 있었지. 근데 웬 사파의 개새끼들이 다시 전쟁을 일으킨 거지. 그때 너넨 뭐했어? 쟤들은 약해진 힘을 이끌고 그들과 싸웠는데 그동안 너넨 뭐했지?"

자파의 안정을 위해 세력을 숨기고 힘을 뒤로 돌렸다. 누군가 대신 나서서 사도천을 막아줄 것이라 생각했다. 그렇게 생각했기에 나 하나쯤이야 하는 생각으로 자파의 안위를 챙겼다.

그리고 그 결과, 저들은 완전히 몰락을 길을 걸어가게 되었다.

"너네도 알지? 쟤들이 간신히 명맥만 유지하고 있었다는 거. 근데도 사도천을 막았어. 그리고 몰락의 길을 가게 되었지."

자운의 손이 흥분한 듯 이리저리 움직이고, 그의 목소리는 짐승이 울분을 토하는 듯하다.

다음에 또 저런 새끼 들어오면 양물을 잘라 버릴 거야

"그들이 몰락하는 게 참으로 공교로워. 하나같이 주변 사파의 공격을 받았거든. 근데 이상한 게, 다른 많은 문파들은 정사대전 이후 몰락의 길을 가게 되었는데, 유독 그 문파들만 사파의 공격을 받았다. 이상하지 않아?"

마치 누군가가 자신들의 계획을 방해한 이들에게 복수를 하려는 것 같지 않은가. 자운이 허리춤에서 검을 뽑아 바닥에 탕 내리꽂았다.

"황룡문도 내가 없으면 지금 이 자리에 없었겠지. 황룡문을 습격한 그 사파의 문주가 화산으로 가보라고 하더군."

그리고 그 화산에서 공교롭게도 발견된 것이 있었다.

"근데 화산에서 적성의 흔적이 발견되었어. 우연치고는 너무 대단한 우연이네. 이건 마치 절벽에서 떨어졌더니 절대고수의 기연이 '나를 먹어주세요' 하고 기다리는 수준의 우연 아니야?"

자운이 고개를 흔들었다.

"아닌 거 너희도 알지?"

무림에 우연 따위는 없다. 우연이 이 정도로 연속된다면 그건 우연이라고 보기 어렵다.

아마도 필연.

이것은 분명한 필연이다.

괴걸왕이 그런 자운의 말에 한마디를 덧붙였다.

"본 방에 연락해 필요한 정보를 부탁했으니 곧 확인할 수 있겠지. 흘흘흘. 그리고……."

그가 주변을 차가운 눈으로 둘러보았다. 자운 역시 마찬가지. 괴걸왕이 고개를 끄덕이는 순간, 자운과 괴걸왕의 몸이 동시에 섬전처럼 튀어나간다.

그들이 향하는 곳은 좌중의 중심. 자운이 그대로 조법을 펼쳤다.

화랑거사가 놀라 소리친다.

"도대체 이게 뭐하는 짓이오?"

자운이 좌중 중에서 한 사람을 움켜쥐며 소리쳤다.

"우리가 적성이라는 말을 꺼내니 살기를 숨기지 못하는 녀석들이 보이더라고."

자운의 손이 대번에 그의 팔목을 타고 흘러 맥을 점하고, 그를 휙 던져 버린 후 다시 다른 이를 움켜쥔다.

"이익!"

자운의 손이 다가오자 그가 반항을 했다. 자운의 손과 그의 손이 얽혀들고, 자운이 그의 손을 쳐 내며 단번에 다가갔다.

탁탁— 탁탁탁—

그의 옷깃을 움켜쥐는 순간, 자운의 좌수가 그의 목 뒤를 꾹 누른다.

그 자리에서 풀썩 쓰러지는 인물. 자운이 다시 그를 집어

다음에 또 저런 새끼 들어오면 양물을 잘라 버릴 거야

던졌다. 그가 떨어지는 자리에는 괴걸왕이 집어 던진 인물 역시 떨어져 내렸다.

눈치 빠른 몇몇이 그 자리에서 솟구친다.

도주로를 확보하려는 것. 자운이 빠르게 그들을 살폈다.

그들이 경공을 내질러 화산의 산문을 벗어나려는 순간, 화살과 같은 검기가 자운의 검세에서 쏘아졌다.

탄검기(彈劍氣), 바람을 가르고 날아간 검기가 그대로 그들의 다리를 꿰뚫는다.

괴걸왕 역시 지풍을 쏘아 보냈다. 손에서 거지 특유의 고약한 냄새가 맴돌고, 강력한 지풍이 쏘아진다.

핑— 핑—

그의 지풍 역시 정확하게 저들의 다리를 꿰뚫었다. 다리가 검기와 지풍에 꿰뚫리자 경공으로 탈출하던 그들이 아래로 추락한다.

자운과 괴걸왕이 단번에 그들을 낚아채고 점혈을 했다.

그 수는 도합 아홉. 자운이 그들을 좌중의 중심에 내려놓았다.

"사실 지금 전 무림이 이 화산에 있다고 봐도 무방하지. 적성이 움직인다면 이 안에도 세작을 심어놨을 줄 알았어."

자운이 그들을 보며 이죽거렸다.

"흘흘흘. 고놈들 참 깜찍하기도 하구나."

괴걸왕이 그대로 한 명의 팔을 꺾어버렸다.

"으아아아아악! 왜, 왜 이러는 것이오!"

괴걸왕의 손에 팔이 꺾인 사내가 비명을 지르며 외쳤다. 잡혔으니 딴청을 부리는 것이다.

자운이 괴걸왕의 손에 팔이 비틀어지고 있는 사내와 눈높이를 맞추었다.

"왜 그러냐고? 몰라서 물어? 설마 정말 몰라서 묻는 거야?"

이죽거리는 자운의 얼굴에 차가운 살기가 보이고, 자운이 그대로 손을 뻗어 사내의 머리를 잡았다.

"너 적성에서 나온 놈이잖아. 사실대로 말 안 하면 머리를 터뜨려 버릴 거야."

자운이 바닥에서 바위 하나를 집어 들었다. 그의 손에서 퍼석 하는 소리가 나며 돌가루가 후드득 떨어져 내린다.

단 한 번에 돌이 가루가 되어버린 것이다.

돌이 저렇게 되는데 사람의 머리라고 다를쏘냐.

사내의 눈에 겁이 어리었다.

"말해. 네가 어디서 나온 녀석인지. 지금 말하면 네 목숨은 살려주지."

자운이 이죽거렸다. 괴걸왕 역시 마음대로 해보라는 듯 자운이 하는 양을 보고 있다.

다음에 또 저런 새끼 들어오면 양물을 잘라 버릴 거야

하지만 속으로는 근심 어린 전음 하나를 자운에게로 보낸다.

[흘흘. 선배, 여기는 그래도 검선에 대한 조문을 표하는 자리라오. 최대한 피는 적게 보았으면 좋겠는데……]

자운이 답 대신 고개만을 끄덕여 보인다.

"자, 말해봐. 넌 어디서 온 놈이야?"

자운의 손가락에 힘이 들어갔다. 지금 들어간 힘 정도가 더 들어가면 사내의 머리는 그 자리에서 터져 비산할 것이다.

자운의 눈에 자비는 없었다. 언제든지 너를 죽일 수 있다는 눈빛. 눈 하나 깜짝하지 않고 사람의 머리를 터뜨려 버릴 수 있는 눈빛이었다.

그 눈빛에 사내가 겁에 질리기 시작했다.

공포에 질리기 시작했다.

살고 싶은 마음이 앞섰다. 그가 천천히 입을 열기 시작했다.

"저… 저… 적……"

그 순간 그의 머리가 터질 것처럼 부풀어 올랐다.

"으, 으아아아아아악!"

그의 눈에서 실핏줄이 터지며 핏물이 흘러나온다. 자운이 깜짝 놀라 그의 머리를 잡고 있던 손을 뗐다.

그의 머리가 점점 부풀어 오른다. 그 모습은 마치 짐승 가

죽으로 만든 주머니에 바람을 불어 넣는 모습과 같았다.

"흐윽, 흐아아아악!"

고통스러운지 비명을 지르는 사내. 괴걸왕이 빠르게 나서 진정시켜 보려 했으나 진정되지 않는다.

괴걸왕이 빠르게 그의 혈을 몇 개 눌렀다. 지금 폭주하는 기운을 막아보고자 한 것이다.

하지만 어떻게 된 것인지 혈이 모두 꼬여 막아지지가 않았다.

이맥(移脈)이 이루어지는 금제.

괴걸왕이 그것을 알아보고 소리쳤다.

"배교(拜敎)의 불단맥금(不斷脈禁)!"

불단맥금, 기운을 머릿속에서 날뛰게 해 폭발시키는 금제 수법이었는데, 기본적으로 금제가 발동되면 몸속의 기맥이 이리저리 꼬이기 때문에 기운을 통제할 수가 없다. 그래서 한번 발동되면 누구도 막을 수 없는 수법 중의 하나였다.

사내의 머리가 더 크게 부풀어 오른다.

괴걸왕이 큰 소리로 범혜를 불렀다.

"범혜! 사자후를!"

소림의 수법 중 하나인 사자후. 그것은 사마를 파하는 공능과 함께 역시 일정 수준 이하의 금제를 멈추게 하는 힘을 가지고 있었다.

다음에 또 저런 새끼 들어오면 양물을 잘라 버릴 거야

하지만 범혜는 사자후를 배우지 못했다.

아직 사자후를 배울 정도의 실력이 되지 못했기 때문이다. 대신 창룡후는 알고 있다. 그가 웅혼한 불문의 내공을 담아 입으로 뿜어낸다.

"갈!"

쾅 하는 소리가 그의 입에서 뿜어지며 창룡후의 기운이 금제를 후려쳤다.

금제가 한순간 주춤하다가 다시 폭발할 듯 날뛰기 시작한다. 범혜가 계속해서 창룡후를 펼쳤다.

내력 소모가 심한 수법임에도 불구하고 내력을 아끼지 않았다.

"갈!"

"갈! 갈!"

"갈! 갈! 갈!"

그에 덩달아서 창룡후를 익힌 승려가 범혜와 함께 창룡후를 내질렀다. 그러자 눈에 보일 정도로 빠르게 금제가 멈추어 간다. 금제가 완전히 멈춘 것이 아니다. 창룡후의 힘에 이기지 못해 잠시 정지되었을 뿐이다.

자운이 그의 몸을 붙잡았다.

"말해. 넌 어디서 온 놈들이지?"

좌중은 지금의 상황에서 눈을 뗄 수가 없다. 도대체 일이 어떻게 돌아가고 있는 것이란 말인가.

정말로 적성이라는 단체가 움직이는 것인가?

수만 가지 생각이 머릿속으로 교차되고, 모든 이의 눈이 그와 자운에게로 집중되었다.

소림승들의 창룡후가 조금씩 약해진다. 그들의 내력이 눈에 띄게 줄어들고 있는 것이다.

죽음을 예감한 그가 온몸을 경련하기 시작한다. 자운이 그의 목을 움켜쥐었다.

"말해. 말하라고."

이자가 말하지 않고 죽어서는 안 된다. 아직 세작이라고 부를 수 있는 것들이 남아 있었지만, 그들의 몸에도 역시 금제가 되어 있을 것이다.

하지만 그 금제를 막을 수 있는 소림승들의 내력은 바닥을 보이고 있었다.

운산이 자운에게로 달려와 방법을 말했다.

"대사형! 황룡후를!"

그 말에 자운이 손바닥을 짝 치며 입을 움직였다.

─우우우우우우우

그의 입에서 인간의 것이 아닌 듯한 소리가 흘러나온다.

웅혼한 내공과 함께 소리가 움직이고, 허공으로 용 우는 소리가 퍼져 나갔다. 그 어떤 짐승의 소리보다 황홀한 소리가 금제를 밀어낸다.

역시 금제를 완전히 멈추게 할 수는 없지만, 자운의 무지막지한 내력으로 오랜 시간 지속한다면 놈이 적성이라는 단체를 말하고 죽게는 할 수 있을 것이다.

자운의 황룡후와 그의 금제가 거듭 충돌하고, 자운이 황룡후에 내력을 더 불어넣었다.

―우우우우우우우우우

내력이 금제를 밀어내기 시작한다. 그리고는 그의 몸 구석에 처박아 버렸다. 황룡후가 지속되는 동안은 금제가 다시 발동되지 못할 것이다.

자운이 황룡후를 펼치며 괴걸왕에게 눈짓을 했다.

괴걸왕은 자운의 신호를 받기 전부터 움직이고 있었다.

"흘흘. 말하면 편하게 죽여주겠다. 말해라. 넌 어디서 보낸 놈이냐?"

배교의 금제는 죽어가는 자에게 상당한 고통을 준다. 단번에 죽이지 않고 서서히 뇌를 파괴시켜 죽이기 때문이다. 그 고통은 상상을 초월해 그 과정에서 광인이 되어버리고, 그 후에 죽는 이들도 있었다.

사내가 겁에 질린 목소리로 천천히 입을 열었다.

"저, 적성."

그가 떨리는 목소리로 말했다.

작은 목소리였으나 모든 사람들의 귀에 정확하게 들렸다. 그가 적성이라고 말하자 자운이 용음을 멈추었다.

용 우는 소리가 조금씩 잦아들고, 그와 함께 다시 금제가 폭주하기 시작한다.

"으, 으아아아악!"

사내가 비명을 질렀다. 괴걸왕이 조용히 그의 심장을 눌렀다. 편하게 죽게 해준다고 했으니 그 약속을 지키려는 것이다.

괴걸왕의 내공이 그의 몸을 파고들어 심장 박동을 멈추었다.

그 자리에서 뒤로 넘어가며 생을 마감하는 사내. 하나 금제는 대상이 이미 죽었음에도 불구하고 그치지 않고 발동한다. 그의 머리가 터질 것처럼 부풀어 오르는 순간, 펑 하는 소리와 함께 진득한 뇌수가 사방으로 비산했다.

자운이 손바닥으로 장력을 이리저리 뻗어 뼛조각과 뇌수가 달라붙는 것을 밀어내었다.

대부분의 고수들이 자운과 같은 행동을 했지만, 고수가 아닌 이들은 그 뇌수를 그대로 뒤집어쓰는 수밖에 없었다.

범혜가 머리가 터져 나간 사내의 시체를 보며 불호를 외웠다.

"아미타불. 부디 극락왕생하시오."

합장과 함께 고개를 숙여 보이는 범혜. 그를 따라 다른 소림승들 역시 불경을 외우며 합장을 해 보인다.

하지만 자운의 시선은 이미 그들에게로 향하고 있지 않았다.

그의 시선이 향하는 곳은 나머지 세작들이 있는 곳이었다.

그는 세작들을 한 번씩 노려보고는 주변을 바라보았다.

"봤지? 이 정도면 충분하지? 설마 아직도 못 믿겠다는 놈 있어? 그럼 말해."

자운이 세작 중 한 놈의 멱살을 부여잡았다.

"한 놈 더 죽여 버리면 되니까."

다시 황룡후를 펼쳐 놈에게서 정보를 알아내겠다는 자운의 말. 그의 입에서는 굳은 의지가 느껴지고 있었다.

무림의 인물들은 아무런 말도 하지 못한다.

이제는 적성이 움직인 것을 부인할 수 없게 되어버렸다.

자운과 괴걸왕이 눈빛으로 고개를 끄덕였다. 일이 생각한 대로 풀린 것이다.

역시 예상대로였다.

금제는 예상과 조금 달랐으나, 그래도 결과는 계획한 바와 같았다. 자운이 고개를 돌렸다.

그리고 우천과 운산을 향해 말했다.

"우리는, 황룡문으로 돌아간다."

*　　*　　*

화산에서 있었던 일은 많은 이들의 입을 타고 퍼져 나갔다. 그리고 자운에 대한 이야기와 황룡문에 대한 이야기 역시 함께 퍼져 나갔다.

물론 화제의 중심은 자운과 적성이었다.

매담자들은 자운의 냉정하면서 과감한 손속을 비판하기도 했으며 때로는 옹호하기도 했다.

정파이면서도 너무나 과감하며 냉정하다. 또한 시건방지다는 의견도 있었고, 달리 그 정도 배짱과 포부, 그리고 과감함은 있어야 적성들을 상대할 수 있지 않겠느냐는 말도 오갔다.

많은 말들이 오갔지만, 사람들이 단 하나에는 동의했다.

바로 그의 별호.

철혈황룡(鐵血黃龍).

과감하고 냉정한 그의 손속이 철혈과 같다 하여 붙여진 무림명이다.

적성에 관해서는 아직까지 여러 의견이 분분했는데, 그 자리에 있지 않았던 이들은 성급하게 판단을 내려선 안 된다고 했다.

반대로 그 자리에 있었던 이들은 분명 적성이 다시 준동하기 시작했다고 말들 했다.

 한 가지 확실한 것은 무림에 불길한 기류가 감돌고 있다는 사실이었다.

 자운이 화산에서 황룡문으로 돌아온 지 삼 일째. 지금 황룡문은 상당히 시끌벅적했다. 화산에서의 일로 인해 황룡문의 문주 대리인 자운의 실력이 백일하에 드러났지 않은가?

 물론 자운으로서는 그것이 매우 일부라고는 하지만, 화산의 검수들을 제압하고, 소림의 범혜를 기습으로 가볍게 패대기쳤다는 사실은 무림에서 의미하는 바가 적지 않았다.

 많은 이들이 자운을 주목하고 친분을 맺길 바랐으며, 황룡문의 무공을 익히길 원하는 이들도 있었다.

 상인들이 자운을 찾아왔으며, 거처를 정하지 않은 무림인 몇도 황룡문에 몸을 의탁할 것을 부탁해 왔다.

 자운이 그들과 만나는 것을 우천과 운산에게 위임했기 때문에 바빠 죽는 것은 그들이었다.

 상인들과 만나는 것은 운산이었고, 무림인들과 만나는 것은 우천이었다.

 우천은 성격이 자운을 닮아가기 때문에 호전적인 기질이 강해 상인들과 만났다가는 일이 틀어질 수 있었기 때문이다.

 "그러니까 오가상단(吾家商團)에서 오신 분이라는 말씀이군요."

운산이 눈앞에 있는 중년인을 바라보며 말했다. 지금 이자가 다섯 번째 만나는 상인이었다.

오늘만 크고 작은 상단이 몇 개 황룡문을 다녀갔다. 지금 이자도 자신들의 상권을 자랑하기 여념이 없다. 우리가 이 정도라는 것을 보여주고 거래를 하자는 것이었다.

그의 말을 끝까지 들은 운산이 고개를 끄덕이며 말했다.

"상당히 좋은 상단이군요. 하지만 죄송하게도 본 문에는 지금 귀하의 상단과 거래를 할 여건이 되지 못합니다. 거래를 할 품목 역시 없고요."

대부분의 상단이 이렇게 말하면 곧 물러났지만 그렇지 않은 상단도 몇 있었다.

아무래도 이 오가상단은 후자인 듯싶었다.

"허허. 왜 거래할 것이 없다는 말입니까. 문파를 운영하다 보면 제자들을 먹일 식재료도 필요할 것이고, 그 외에 검이나 옷 같은 것도 필요하지 않겠습니까. 저희가 그것들을 싸게 제공하겠다는 겁니다."

운산이 고개를 흔들었다.

"죄송합니다. 지금 황룡문에는 문도의 수가 그리 많지 않아 그 정도는 스스로 할 수 있습니다. 다음에 본 문의 세가 커지게 되면 그때 다시 오가상단에 연락드리겠습니다."

다음에 또 저런 새끼 들어오면 양물을 잘라 버릴 거야

그의 말에 오가상단의 상단주가 입맛을 다셨다.

"그렇군요. 그런데 황룡문의 문주님이 굉장한 고수라고 들었습니다. 아까부터 보이지 않는 것을 보니 다른 일을 하고 계신가 봅니다?"

이자도 역시 다른 이들처럼 자운에 대해 관심을 가졌다. 이럴 때는 자운이 하라고 일러둔 말이 있었기에 운산이 그것을 그대로 읊었다.

"사실 며칠 전에 문주님께서는 폐관에 드셨습니다. 그래서 지금 만나 뵙기는 조금 힘들 듯합니다."

이번에도 그는 아쉬운 듯 입맛을 다신다. 황룡문과 거래를 트는 것도 목적이었지만, 그 대단한 고수라는 이와 안면을 트는 것이 주목적이었다.

한데 두 가지 목적을 모두 이루지 못하고 가는 것이다.

"그렇군요. 그렇다면 내 지금은 돌아가 황룡문의 연락을 기다리겠소."

운산이 고개를 끄덕이며 또 한 사람을 배웅했다.

곧이어 다른 사람이 들어올 것이다.

우천 역시 상황은 다르지 않았다. 그는 눈앞에 있는 이를 바라보았다.

"본 문에 몸을 의탁하고 싶으시다는 말이군요?"

우천의 말에 상대가 고개를 끄덕였다. 우천이 자신의 옆에 있는 총관을 바라보았다.

총관은 하오문에서 나온 이로서 지금 우천에게 이들의 정보를 제공해 주고 있었다.

우천이 총관에게서 정보를 받아 들었다.

이름:관자기.
나이:서른셋.
별호:없음.
무공:웅력도(雄力刀). 이류에 조금 못 미치는 수준.
출신 내력:하남 출신. 낭인 일을 하며 이리저리 떠돌다가 스스로 창안한 웅력도라는 도법을 익히고 있음. 제대로 된 내공 심법을 익히고 있지 않다.

또한 과거 산적 일을 한 경험이 있으며, 그때 지방 관리의 딸을 겁탈하여 현재 은원 관계에 얽혀 있음. 당시의 이름은 관자서였으나 추적을 피하기 위해 관자기로 개명.

총관에게서 받은 정보에는 이자가 숨기고 싶어하는 정보까지 세밀하게 적혀 있었다.

정보를 읽어 내려가는 우천의 눈이 꿈틀 움직였다.

그의 입에서 존댓말이 나오지 않았다.

"지금 네가 본 문에 몸을 의탁하고 싶다고?"

우천의 말투가 자운과 비슷하게 변했다. 또한 그의 말투가 싸늘하기 그지없다.

영문을 모르는 관자기는 불편한 기색으로 고개를 끄덕였다.

"그렇소. 내 비록 낭인이라고는 하나 어디 가서 쉽게 패하지 않을 실력을 가지고 있다고 자부하오. 또 내가 직접 창안한 웅력도는……."

우천이 자신의 앞에 놓여 있는 상을 뒤집었다.

상이 대번에 뒤집어지며 쾅 하고 관자기의 얼굴을 후려친다.

"나가!"

관자기가 비명을 지르며 자신의 도를 뽑아 들었다.

"크악! 이게 뭐하는 짓이냐!"

우천이 마주 검을 뽑았다.

"뭐하는 짓이냐고? 너 미쳤냐? 우리 황룡문이 일 저지르고 튀면 받아주는 덴 줄 알았냐? 우리가 사파냐?"

우천이 관자기를 향해 걸어갔다.

그의 눈에서 범과 같은 안광이 뿜어지고, 관자기가 욕지기를 뱉으며 도를 휘둘렀다.

"이놈! 내가 누군지 아느냐!"

"뭐긴 뭐야. 범죄자 새끼지."

우천이 검을 뻗었다. 그의 검에서 화려한 기교가 뿜어진다. 자운에게서 전수받은 기교, 감히 이류 따위가 막아낼 수 있는 기교가 아니다.

우천의 발길질에 차인 관자기가 밖으로 튕겨 나갔다.

총관은 익숙하게 그가 튕겨 나가는 순간 문을 열었다.

이전에 문을 열지 않고 있다가 문이 박살 난 적이 있기 때문이다.

총관이 문을 열자 그는 거칠 것 없이 밖으로 튕겨 나가 형편없이 바닥을 굴렀다.

뒤이어 우천이 날았다.

부웅 하고 날아선 그의 몸이 단번에 관자기의 옆에 내려서고, 관자기가 도를 휘두를 틈도 없이 그를 잘근잘근 짓밟기 시작한다.

"이 미친놈아, 우리가 사판 줄 아냐? 응? 사판 줄 알아?"

마치 자운을 보는 듯한 말투와 움직임. 시정잡배와 같은 그의 발차기 속에 무리가 몇 개 녹아 있었다면 믿을 수 있을까?

한참을 관자기를 밟아버린 그가 하인들을 불렀다.

"이거 밖에다 내다 버려."

관자기는 온몸에 멍이 들고 상처를 입어 혼절한 상태였다. 하인들은 우천의 말에 따라 그를 짊어지고 밖으로 나갔다.

우천이 다시 방으로 돌아가며 뒤에 줄을 서고 있는 이들에게 소리쳤다.

다음에 또 저런 새끼 들어오면 양물을 잘라 버릴 거야

"분명히 경고하는데, 우리 황룡문은 실력이 아니라 사람을 먼저 본다! 그러니까 죄짓고 황룡문 그늘로 튀려고 하는 것들은 저렇게 될 각오하고 들어와라!"

우천이 문을 탁 닫아버리고 안으로 들어갔다.

"미친 범죄자 놈들."

마지막으로 한마디 하는 것을 잊지 않았다.

"다음에 또 저런 새끼 들어오면 양물을 잘라 버릴 거야."

그 말에 몇몇이 자신의 양물을 움켜쥐며 뒷걸음질을 쳤다.

운산과 우천이 바쁘게 움직이고 있을 때, 자운은 자신의 내면을 관조하고 있었다. 정확한 내력의 양을 알아보려는 것이다.

의식이 몸속 깊은 곳으로 침전되어 간다.

천천히 자신의 내면을 관조하고, 기운이 흐르는 길을 살피기 시작했다.

내공은 마르지 않아 마치 대해와 같다. 당금 무림에 이 정도의 내력을 지닌 이가 몇이나 될까?

자운의 선천적인 체질상 내력이 잘 쌓이지 않는다고는 하지만, 이백 년간 모아온 내공은 절대로 적은 것이 아니었다.

'그것보다 도대체 이게 뭐지?'

자운이 내면에서 고개를 갸웃하며 의문을 표했다. 단전 한

구석에 자리 잡은 알 수 없는 덩어리, 내력과 반발하지 않고 내력의 흐름에도 순응하는 것으로 보아 문제가 될 만한 것은 없다.

한데 계속 신경이 쓰이는 것은 어쩔 수 없었다.

처음에는 내단인가 싶기도 했는데, 어찌 사람의 몸속에 내단이 생긴다는 말인가.

그것은 말도 안 되는 일이었다. 혹시나 황룡문의 내공심법에 어떠한 특징이 있을지도 몰라 다시 뜯어 연구했으나 아무런 소득도 얻을 수 없었다.

그렇다고 과거에 있었던 일을 참고하려 하니 자료가 거의 남아 있지 않아 도움이 되지 않는다.

자운이 의식을 움직여 그것을 단전 속에서 이리저리 굴렸다.

말랑한지 딱딱한지조차 알 수 없는 이상한 것, 이것은 흡사 알과 같지 않은가.

'알?'

거기까지 생각이 미치자 혹시 하는 생각이 들었다. 과거 스승의 말이 떠오른 것이다.

'어, 이거 설마?'

자운이 천천히 그것을 움직이며 다시 살폈다. 둥근 것이 정말 알처럼 생기기도 했다.

의식으로 그것을 움직이고 있는지라 정말 알처럼 단단한지는 알 수 없었지만, 휘몰아치는 내력의 소용돌이 속에서 모습을 유지하고 있는 것으로 보아 어느 정도의 강도를 가지고 있는 것은 틀림없었다.

또한 크기.

그 크기가 이상하게도 조금 더 커진 것 같다.

처음 잠에서 일어나 이것을 발견했을 때에 비해서 성장한 듯한 크기. 마치 생물이 점점 성장하는 것과 같다. 자운이 씨익 웃었다.

'생각지도 못한 대어를 건졌네.'

대충 정체를 실감한 그의 감각이 다시 의식 위로 부상하기 시작한다.

누군가가 다가오는 것을 느꼈기 때문이다. 몸을 순환하던 내력이 다시 단전으로 빨려들어 간다.

그와 동시에 자운이 눈을 번쩍 떴다.

황금빛 광망이 사방을 휩쓸고, 다시 자운의 눈 속으로 빨려 들어 갔다.

그리고 운산과 우천이 자운의 방으로 들어왔다.

第七章 그 임을 세로로 찢어주지

황룡난신

운산과 우천이 자운의 방으로 들어왔다.

자운이 그들을 향해 웃으며 손을 흔들었다.

"좀 지쳐 보이는데, 성과는 좀 있어?"

운산이 먼저 고개를 절레절레 흔들었다. 그리고는 깊은 한숨을 푸욱 내쉰다.

"지금 당장 상단들과 거래를 하기는 조금 힘이 들 듯합니다. 상단도 지금 당장 거래를 트기보다는 대사형을 뵈러 온 사람들이 대부분이고, 아직은 본 문이 힘이 적으니 그럴 수밖에요."

자운이 고개를 끄덕였다.

대충 예상은 하고 있던 바다. 이번에 자운의 시선이 향한 것은 우천 쪽이었다.

자운이 우천을 바라보자 우천 역시 고개를 저어 보인다.

"무공 실력이 괜찮으면 일단 죄를 짓고 숨어들려는 자들이네요. 그놈들은 받아주면 언제 뒤통수를 치고 도망가 버릴지 모르니 전부 쫓아냈습니다."

"죄가 없는 사람은?"

역시 우천이 고개를 절레절레 흔들었다.

"대부분 나이가 많고 무공이 약하더군요."

"그래서 쓸 만한 자는 하나도 건지지 못했어?"

자운의 말에 우천이 자신의 가슴팍을 두드리며 말했다.

"제가 누굽니까. 당연히 쓸 만한 자들을 몇 추려내 보았지요."

그중 대표적인 인물이 태원삼객(太原三客)이다. 섬서성 바로 옆에 붙어 있는 산서의 성도인 태원을 주무대로 활동하는 무림인으로서 본래 낭인과 같은 생활을 했으며 셋이서 무리를 지어 다니는 것으로 유명했다.

또한 화화공자 교두현을 잡은 것으로 태원삼객이라는 별호를 가지게 되었다.

자운이 그들을 불렀다.

"데리고 와봐."

곧 태원삼객이 자운의 앞에 섰다. 그들이 자운을 바라보며 침을 꿀꺽 삼켰다.

'이 사람이 철혈황룡(鐵血黃龍)!'

당금 무림에 당당히 이름을 날리고 있는 고수다. 자신들은 고작 산서 내에서 이름을 날리는 태원삼객인 것에 비해서, 자운은 지금 천하에 이름을 떨치고 있는 무인이다.

괴걸왕과 함께 화산에 얽힌 음모를 풀어낸 무인.

또한 일신의 무력이 화산의 검수보다 강하며 기습이나마 소림의 장로보다 한 단계 낮은 배분인 범(凡) 자 배분을 패대기쳐 버릴 수 있는 이다.

자운의 눈이 매와 같이 날카롭게 그들을 살폈다.

"좋아, 너희가 황룡문에 들어오고 싶다는 건 잘 알겠어."

그가 가볍게 탁자를 두드린다. 손끝으로 장난치는 듯 탁자를 두드리는 움직임. 하지만 그 움직임에 태원삼객이 침을 꿀꺽 삼켰다.

자운이 장난스럽게 키득거리며 말을 이어나간다.

"근데 말이야, 난 아직까지 너희가 황룡문에 들어오려는 이유를 잘 모르겠거든."

자운이 계속해서 웃으며 그들을 바라보았다. 예상치 못한

질문에 태원삼객의 얼굴이 당혹감으로 물들었다.

태원삼객 중 가장 나이가 적은 홍우가 말했다.

"그, 그거야 황룡문의 이름이 점점 커지고 있고, 문주님께서 무림에 이름을 날리는……."

땅—

자운이 손바닥으로 탁자를 때렸다. 은은한 울림이 탁자를 타고 뻗어 나가고, 자운이 손을 뗐을 때는 탁자에 선명한 장인이 남아 있었다.

손금까지 눈에 보일 정도로 선명한 장인. 가볍게 때린 것 같은데 상상도 하지 못할 위력이다. 이 탁자가 평범한 나무로 만든 것이 아니라 단목으로 만든 것임을 안다면 그들은 더욱 놀랐을 것이다.

갑작스러운 자운의 행동에 우천과 운산이 침을 꿀꺽 삼켰다.

"왜 이래? 거짓말하지 말자고. 응?"

자운의 얼굴이 싸늘해졌다.

"나만 한 고수가 문주로 있는 문파가 어디 없을까? 그리고 황룡문의 이름이 점점 커지고 있다고?"

자운이 피식 웃었다.

"이름이야 얼마 전에 내가 난장판을 한번 만드는 바람에 충분히 유명해졌지만, 그래 봐야 문주를 포함해서 문도가 셋밖에 없는 문파야. 너희처럼 이름을 날리는 놈들이 기어들어 올 만한 문파는 아니라는 거지."

자운이 자신이 만든 장인(掌印)을 손끝으로 만졌다

아직도 장인에 남아 있는 내력의 열기가 손가락을 타고 들어온다. 어느새 자운의 앞에 놓여 있는 차는 싸늘하게 식어 있고, 갈다 만 먹은 굳어가며 아무렇게나 방치되어 있다.

태원삼객이 누가 뭐라고 할 것 없이 침을 꿀꺽 삼켰다.

그들이 서로의 얼굴을 마주 보았다. 무언가 전음으로 이야기를 주고받는 모양. 전음이라 함은 최소한 삼십 년 이상의 내력이 필요로 한 수법이다.

그 수법을 어렵지 않게 펼치는 것으로 보아 태원삼객의 수준을 알 수 있었다.

'일류를 조금 넘어섰나?'

자운이 고개를 끄덕이며 그들이 이야기를 주고받는 것을 바라보았고, 그들은 곧 결정을 내린 듯 자운을 바라보았다.

"이것을 봐주시겠습니까?"

그들의 말에 자운이 눈을 치켜떴다.

태원삼객 중 나이가 가장 많은 장석지가 손을 들었다.

그의 손을 타고 내공이 움직이기 시작한다.

획획획ㅡ

그의 손이 허공에 연달아 수영(手影)을 그리며 뻗어 나갔다. 용이 움직이는 듯한 꿈틀거리는 움직임이 팔을 타고 흐르고, 그의 손가락이 용의 아가리라도 된 듯 허공을 물어뜯는다.

용구절천수(龍口節天手).

분명한 황룡문의 무공이었다. 자운의 미간이 꿈틀 움직였다.

"그거 본 문의 무공인 거 같은데?"

태원삼객이 익히고 있는 내공심법이 황룡문의 것과 달라 미묘하게 차이가 나기는 했으나 그 형만은 분명한 용구절천수였다.

장석지가 고개를 끄덕였다.

"그렇습니다. 이건 황룡문의 무공입니다."

"당신들이 그걸 어떻게 알고 있는 거지?"

자운이 확인했을 때, 그것은 황룡문에는 더 이상 남아 있지 않은 무공이었다. 한데 황룡문과 전혀 관계가 없는 태원삼객이 용구절천수를 익히고 있는 것이다.

"사실 이 무공을 얻게 된 것은 아주 우연한 계기에서였습니다."

그는 품속에서 책 한 권을 꺼내놓았다.

그것은 색이 조금 바래기는 했으나 분명 용구절천수의 비급이었다.

그들은 무림인으로서 다른 곳에 잠시나마 의탁하기도 하고 빈객으로 지내기도 하며 지내왔다. 알려진 이름과 실력이 있었기 때문에 밥을 굶는 일은 없었고 돈 또한 풍족하게 벌어왔다.

 그리고 어느 날 한 가지 일을 하는 과정에서 무공서를 습득했는데, 그것이 용구절천수였다.

 그 인물이 어찌해서 용구절천수의 비급을 가지고 있었는지는 알 수 없지만, 태원삼객은 용구절천수를 익혔다.

 변변한 수공이 없었기 때문에 용구절천수는 어쩌면 그들에게 있어 또 하나의 활로가 되어줄 수 있었기 때문이다. 하지만 용구절천수는 절대로 쉬운 무공이 아니었다.

 기본적으로 내공심법이 달랐고, 또한 그 속에 숨어 있는 무리는 황룡문의 여타 무공을 익히지 않으면 쉽게 이해할 수 있는 것이 아니었다.

 용구절천수에 흥미를 느낀 그들은 그것을 연구하기 시작했다. 그리고 그 무공에 대해서 알아보던 도중 용구절천수가 황룡문의 무공이라는 사실을 알아낸 것이다.

 그들은 그 사실을 알고 절망했었다.

 당시의 황룡문은 거의 망했다고 봐야 좋을 문파. 그대로 둔다면 사라지는 것은 순식간일 문파였다.

 하지만 그들로서는 용구절천수를 포기할 수 없었다.

그러던 와중에 자운이라는 존재가 나타난 것이다.

그는 파격적으로 황룡문에 닥친 위험을 밀어내고 또한 황룡문의 이름을 화산에서 천하에 각인시켰다.

그로 인해 그들이 결국은 용구절천수를 익히기 위해 황룡문에 몸을 의탁하기로 결정한 것이다.

"용구절천수라…… 확실히 황룡문에서도 수준이 낮은 비급은 아니지."

말하자면, 보법에 있어 운해황룡과 비슷한 위치에 있는 수공이었다. 한데 이것이 어찌해서 이들이 임무를 맡았던 이의 품속에 있었을까?

"당신들이 했다는 그 일, 무슨 일이었지?"

"양천 땅에서 이름을 날리는 도둑놈을 잡는 일이었습니다. 무영비객(無影飛客)이라는 놈이었는데, 무공은 별거 없지만 일신의 경공과 은신술이 대단하여 잡기 어려운 놈이었지요."

"그 대단한 놈을 당신들이 잡았다? 아, 물론 당신들의 실력을 무시하는 건 아니지만 은신술이 대단하다며?"

그의 말에 장석지가 고개를 끄덕였다.

"운이 좋았습니다. 그가 숨어 있는 안가를 발견한 것은 순전히 운이었지요. 산속에서 길을 잃고 헤매었는데, 거기서 그의 비밀 안가를 발견할 줄은 꿈에도 몰랐습니다."

자운이 고개를 끄덕였다.

"거기서 이걸 찾았다는 거네?"

"그렇습니다."

"이거 말고 다른 비급은 혹시 없었어?"

장석지가 고개를 흔든다. 안타깝게도 그 자리에 비급은 이것 단 하나뿐이었다. 아무래도 그곳은 무영비객이 훔친 비급을 모아두는 안가가 아니라 재화를 모아두는 안가였을 것이다.

"그 자리에는 많은 재화가 있었지만, 무공은 이것 단 하나였습니다."

자운이 고개를 끄덕였다. 이름을 날리는 도둑들은 대부분 자신이 훔친 것을 종류별로 보관해 둔다.

한데 이것을 비급을 모아두는 곳에 가져가지 못했다면 아마도 근처에서 훔치고 이송하는 도중이었을 것이다.

'그 근처에 황룡문과 관계된 것이 있나?'

잘 생각해 보았지만 딱히 떠오르는 것이 없다. 이 비급이 그 자리에 있어야 할 이유가 없는 것이다.

자운이 비급을 들어 넘겼다.

이것은 분명히 진본이다. 부정할 수 없는 진본. 초조한 표정으로 자운의 답을 기다리고 있는 태원삼객의 모습이 눈에 들어온다.

"좋아, 일단은 합격."

자운이 비급을 품으로 갈무리하며 말했다.

"지금부터 이 둘이 너희에게 황룡문의 기본 심법과 검법을 알려줄 거다. 그리고 그것들이 일정 수준 이상이 되었을 때, 그때 내가 직접 용구절천수를 수련시켜 주도록 하지."

자운이 말을 마치며 손가락으로 지풍을 쏘아 보냈다.

핑— 핑— 핑—

세 줄기의 지풍이 허공을 가르며 그들의 귀 아래 머리카락을 잘라 내린다.

탁자 위로 떨어져 내리는 그들의 머리카락. 자운이 몸을 돌리며 마지막으로 한마디를 했다.

"명심해. 배신은 죽음이야."

그리고는 마지막으로 자신이 탁자 위에 남긴 장인(掌印)을 손가락으로 한번 꾸욱 누르고 나갔다.

태원삼객의 시선이 단번에 그쪽을 향하고, 선명하게 남아 있는 장인이 눈에 보인다.

배신을 하면 언제든 이런 지풍과 저런 장인을 남겨주겠다는 말. 그들이 고개를 끄덕였다.

"예, 알겠습니다."

자운이 마지막으로 한마디를 남겼다.

"잘 해보도록 해."

'배신하는 순간, 예라고 답한 그 입을 세로로 찢어주지.'

방을 나온 자운을 총관이 따랐다.

'양천이라……. 아무리 생각해도 뭔가 있을 곳은 아닌데?'

애초에 산서가 바로 섬서의 옆이라고는 하나, 황룡문이 산서까지 뻗어 나간 적은 없었다. 한데 섬서와 가까운 곳이 아니라 오히려 하북에 가까운 양천에서 황룡문의 비급이 발견되다니…….

자운이 고개를 갸웃하고 움직였다.

알 수 없는 일이다. 아무래도 하오문을 통해서 정보를 알아보든지 그렇지 않으면 직접 가든지 해야겠다.

"여기, 부탁하신 정보입니다."

자운이 그렇게 생각하고 있을 때, 총관이 자운을 향해서 문서 하나를 들이민다. 하오문에 부탁해 둔 정보가 하나 있었는데 그게 이렇게 나온 모양이다. 자운이 그것을 받아 들며 총관에게 말했다.

"매번 고마운데, 수고를 한 번 더 해줘야겠어."

하오문의 사람들은 대부분 눈치가 빠르다. 총관은 이번에 자운이 부탁할 것이 무언인지 대번에 알아채었다.

"양천에서 황룡문과 관계된 것이 무엇이 있는지 알아봐 달라는 말씀이시군요."

자운이 고개를 끄덕였다.

"어, 바로 그거야. 가능하겠지?"

총관이 고개를 끄덕였다.

"하오문의 눈과 귀가 닿지 않는 곳은 없습니다."

"그렇지. 그럼 믿고 기다리겠어."

자운은 그에게 아무렇게나 손을 흔들어 보이고는 눈앞에 넘겨받은 자료를 살펴보았다.

사실 황룡문의 검은 특별한 방법으로만 제작할 수 있다.

지금 자운의 허리춤에 있는 것은 그 특별한 방법을 사용한 것이 아니라 모양만 대충 흉내 낸 검이었다.

그리고 그 특별한 검의 제작법을 알고 있는 대장장이, 그것이 자운이 하오문에 부탁했던 정보다.

지금 자운의 손에 그것이 들려 있다. 본래 황룡문에는 검을 제작하는 철기방이 있었다.

한데 그것이 시간이 지나며 황룡문이 점점 약해짐에 따라 황룡문에서 분리되었다.

그리고 황룡문에서 분리된 철기방은 무림으로 흘러들어 갔고, 당금 황룡문과는 전혀 상관이 없는 철방이 되었다.

하지만 대장장이의 기술은 대대로 이어지는 법이다. 황룡문의 검을 만드는 방법을 알고 있는 대장장이. 자운이 서류를 넘겼다.

그의 눈에 선명하게 들어오는 내용, 자운이 그것을 소리 내어 읽었다.

사천성(四川省) 중강(中江) 평가철방(平家鐵房).

자운이 서류를 덮었다. 탁 소리가 나게 서류가 덮이고, 자운의 시선이 남서쪽을 향했다.
그쪽은 사천성이 있는 방향이었다.
"사천에도 한번 다녀와야겠네."
사천성 성도에는 만독(萬毒)의 조종이라 불리는 가문이 있다. 다른 오대세가에 비해서 그 폐쇄성이 짙으며 사천의 패자라 불리는 가문, 사천당가가 있었다.

* * *

황룡문의 내공심법은 태원삼객이 익히고 있던 내공심법과는 근본적으로 다른 내공심법이다. 진기를 주천시키기 위해 사용하는 혈도가 다르며 또한 그 순회 순서가 다르다.
한 가지 더 문제가 있다면, 그들이 지금까지 익히고 있는 내공 역시 문제였다.
황룡문의 심법으로 쌓은 내공과 그들의 내공심법으로 쌓은 내공이 전혀 다르다.

지금이야 두 개의 내공심법을 익히더라도 본래 익히고 있던 심법의 내공이 우세하니 문제가 되지 않을 것이다.

하지만 문제는 당장 발생하는 것이 아니었다. 조금씩 황룡문의 내공인 금룡진기가 그들의 단전에 자리 잡아가게 되면서 두 개의 내력은 계속해서 충돌할 것이다.

그리고 어느 순간, 충돌이 격해지면 단전이 터져 나가게 되는 초유의 사태가 벌어질 것이다.

흔히들 주화입마라고 한다. 주화입마라 부르는 것은 폐인에 다가가는 지름길로서 자칫 잘못할 경우 무인으로서의 삶이 끝난다는 것을 의미했다.

그렇기에 금룡진기를 쌓으려 하면 그들이 익히고 지금까지 쌓아온 내력은 버려야 했다.

태원삼객이 망설이기 시작한다.

하긴, 누구라도 그럴 것이다. 내력이 무인의 전부라고는 할 수 없으나 경지와 실력을 보여주는 가장 확실한 물적 증거가 아닌가.

그 누구라도 내력을 포기하라고 한다면 쉬이 포기할 수 없을 것이다.

그들이 자신의 앞에 있는 황룡문의 내공심법을 내려다보았다.

과연 이 심법으로 지금까지의 내력을 쌓으려면 어느 정도의 시간이 걸릴까?

그런 그들의 모습을 지나가던 자운이 발견했다.

"여기서 뭐하고 있냐?"

사실 묻지 않아도 알 수 있다. 그들의 얼굴에는 근심과 걱정이 가득했으니까.

그들이 자운을 바라보며 머쓱하게 웃었다. 대표로 입을 연 것은 장석지였다.

"심법을 보고 있었습니다."

자운이 손을 들어 그들의 이마를 때렸다.

따악—

스물 중반이나 된 무림인들이 이마를 맞았다. 화를 내기도 전에 자운이 그들을 바라보며 말했다.

"고민하는 거 다 티 나니까 숨기려고 하지 마라."

자운이 그들을 내려다봤다.

"너희가 배신하지 않는 이상 너희는 이제 황룡문의 제자야. 좋든 나쁘든 그 무공을 익혀야 한다는 거지. 그게 황룡문의 기본이니까."

그 점은 알고 있다. 자운이 그들을 바라보며 장난스럽게 웃었다.

"근데 솔직히 좀 아깝지?"

아까울 뿐이랴. 말로 표현할 수 없는 온갖 감정이 태원삼객의 속에서 솟구쳤다.

"이 방법밖에는 없는 거겠지요?"

자운이 고개를 끄덕였다.

"너희가 정말로 용구절천수를 익히고 싶다면 그거밖에 없겠지. 그리고 황룡문의 무공은 너희가 익히고 있는 무공에 비해 뛰어났으면 뛰어났지 절대로 부족하지 않다."

자운이 검을 뽑았다.

"그걸 보여주지."

자운의 신형이 획 하고 사라진다. 그가 나타난 것은 바로 홍우의 뒤였다. 홍우가 대경하며 뒤를 돌아본다.

자운이 검을 쭈욱 뻗었다. 홍우가 미처 검을 뽑지 못하고 자운의 검을 검집째로 막았다. 그의 검집 위로 단번에 일곱 줄기의 검상이 생겨나며 홍우가 밀려났다.

단순한 찌르기처럼 보였는데 한 번에 일곱 번에 이르는 공격.

그리고 이 밀어내는 육중한 힘은 무엇이라는 말인가?

자운이 그들을 향해 웃었다.

"그게 황룡의 발이다."

다시 자운의 몸이 사라졌다. 그가 솟구친 것은 평격우의 앞이었다.

태원삼객중 둘째 평격우. 그는 홍우가 당하는 것을 보고 있

었기에 미리 검을 뽑았다. 그리고 자운의 검과 얽혀든다

카라락 하는 소리와 함께 자운의 몸이 그의 몸을 휘감았다.

연검도 아닌 검이 어찌 저런 움직임을 보일 수 있는가 하고 생각하는 순간, 거친 소용돌이가 자운의 검에서 솟구쳤다.

소용돌이는 한순간 엄청난 흡입력을 발휘하여 평격우의 검을 빨아들이는가 싶더니,

콰우우우―

다시 쏘아 보낸다.

자신의 힘에 그대로 역이용당한 평격우의 몸이 바닥을 굴렀다.

"용은 바람을 부리지."

그리하여 용오름을 만들고 소용돌이를 만든다. 또한 용이 부리는 것은 바람뿐만이 아니다.

뇌전!

꾸르릉―

자운의 검에서 벽력이 치며 불꽃이 튀기 시작했다.

뇌전은 아니지만 비슷한 기운이 자운의 검을 타고 흘렀다.

한순간, 허공을 번쩍하고 그어 내리는 자운의 검. 그 끝을 타고 허공에서 벼락이 떨어지는 것과 같은 금색 빛줄기가 그어 내려진다.

콰앙―

그의 검은 장석지의 바로 앞의 땅을 후려치는 것으로 멈추었다.

 마지막의 한 수는 극에 이른 쾌검(筷劍). 자운이 지금 그들의 목숨을 거두고자 했다면 이 자리에 서 있을 수 있는 인물은 단 하나도 없을 것이다.

 장석지를 비롯한 태원삼객이 침을 꿀꺽 삼켰다.

 그리고는 자운을 바라보았다.

 "이, 이것이 황룡문의 무공입니까?"

 자운이 고개를 끄덕인다.

 "물론 극히 일부에 불과하지. 너희가 익힌 검법과 심법이 나쁜 것은 아니지만, 황룡문은 과거 화산에 비견되던 문파다."

 정파 중 가장 최정예라는 구파일방, 그중 검파의 수좌 격이라는 화산, 그곳과 어깨를 나란히 하는 문파가 바로 황룡문이었다.

 "그런 황룡문의 무공이 약할 리가 없지."

 선택은 자운이 하는 것이 아니다.

 "너희가 선택해, 황룡문을 찾아왔던 그때처럼."

 자운이 허리춤으로 갈무리하며 오연하게 그들을 바라보았다.

 마치 내려다보는 것 같다.

이것이 고수인가?

이것이 천하에 이름을 날리는 고수란 말인가?

황룡문의 무공을 익히고, 어느 정도 수준에 이르면 이런 고수가 될 수 있는 것인가?

그들의 마음이라는 호수에 조약돌이 떨어졌다.

작은 파문이 일고, 파문은 점점 커지며 어느 순간 호수 전체로 퍼져 나갔다.

장석진이 검을 내려놓았다.

"버리겠습니다."

그를 선두로 평격우와 홍우가 검을 놓았다. 자운이 고개를 끄덕이자 그 자리에서 운기에 들어간다.

단전에서 내공을 비워내는 것이다. 곧 그들의 몸에서 나름대로 정순한 진기가 흘러나왔다.

지금껏 그들이 쌓아온 내력이 밖으로 뿜어지고 있는 것. 눈에 보이지는 않지만 일류에 근접한 고수 셋이 뿜어내는 내력은 확실히 느껴졌다.

자운이 손을 흔들어 아무렇게나 기운을 틀었다.

그러자 기운은 곧 천지 중에 녹아들며 평범한 기운으로 변해간다. 이윽고 그들이 눈을 뜨자 자운이 웃었다.

"잘했다. 그럼 내가 재미있는 사실을 하나 알려주지."

자운이 싱글벙글 웃으며 말했다. 무엇이기에 그러는 것

일까?

태원삼객은 자운의 말에 의문과 동시에 호기심을 느꼈다.

"자, 너희들에게 이만한 창고가 있어. 이걸 가득 채울 정도로 돈을 벌면? 이 속에 있는 돈의 일부로 다른 창고를 지어야겠지. 그리고 거기에 돈을 다시 모을 거야."

자운이 연무장 바닥에 손가락으로 그림을 그리기 시작했다.

작은 창고로 보이는 그림을 하나 그리고, 그 속에 돈으로 보이는 동그라미를 마구 그려 넣는다.

그 옆에 새로운 창고를 그리고 동그라미를 마구 채워 넣었다.

"근데 이것도 다시 차면?"

자운이 동전 몇 개를 손으로 문질러 지우고 더 큰 창고를 그렸다.

"또 다른 창고를 사겠지. 물론 처음에 가지고 있던 돈이 소비가 되니까. 그리고 창고를 짓는 데도 시간이 걸리니까 그렇게 쉽게 다시 창고를 다 채울 수는 없을 거야. 하지만 일단 커진 창고는 줄어들지 않아."

자운이 발로 모든 그림을 지워 버렸다.

"단전 역시 마찬가지. 처음에는 내공의 일부를 소비해서 단전의 크기를 넓히고 튼튼하게 하지. 그리고 그 커진 단전을 채우기 위해서는 오랜 시간이 걸리는 거고. 그래서 축기 시간이 오래 걸리는 거야."

자운이 손바닥을 짝 하고 때렸다.

"그런데 이미 큰 창고가 있다면?"

애초에 창고가 있다면 창고를 살 필요가 없으니 창고를 증축하는 데 드는 돈이 전혀 없다.

그러니 이전보다 훨씬 빠른 속도로 돈을 모을 수 있을 것이다.

여기서 창고는 단전이고 돈은 내공이다. 자운의 말에 그들이 반색했다.

"그 말이 사실입니까?"

자운이 아무렇게나 손을 흔들었다.

그러며 동시에 고개를 끄덕였다.

"물론 사실이지."

축기의 속도가 느린 것은 단전의 크기를 형성함과 동시에 축기가 이루어지기 때문이다. 그에 비해서 내공의 회복이 빠른 것은 이미 만들어진 단전 속에 기운을 받아들이기만 하면 되는 것이기 때문이다.

축기와 회복 모두 내공을 주천시키는 것인데, 어찌 그리 속도에 있어서 차이가 날까. 자운이 곰곰이 생각해 본 결과 내린 결론이며, 이론적으로는 완벽했다.

물론 저들이 사용하던 기맥과 금룡진기의 기맥이 불일치하는 부분이 있어 그 부분을 개척하는 데에는 꽤 오랜 시간을 써야 할 것이다.

"확실한 건 너희가 예전의 내력을 되찾는 데는 그리 오랜 시간이 걸리지 않을 거라는 이야기지."

기맥만 뚫린다면, 죽기가 아니라 그냥 내력을 회복한다고 보면 무방할 정도의 속도로 내력이 찰 것이다.

자운이 고개를 끄덕였다.

'물론 이론이지만.'

황룡난신

오적의 미간이 꿈틀 움직였다.

그가 불편한 시선을 숨기지 못하고 적발라를 노려보았다.

"방금 내가 잘못 들은 것이냐?"

그의 말에 적발라가 고개를 절레절레 흔든다. 죽기를 각오하고 하는 말이다. 절대로 그가 잘못 들었을 리가 없다.

화산에서 일이 터졌다. 본격적으로 활동하기도 전에 적성이라는 꼬리가 잡혀 버린 것이다.

적발라가 죽음을 각오하고 다시 한 번 말을 고했다.

"괴걸왕과 철혈황룡의 손에 적성이라는 존재가 백일하에

드러났습니다."

그의 말에 오적이 불편한 심기를 숨기지 못하고 침음성을 뱉었다.

"으음."

하지만 오적도 길길이 날뛸 수 없는 것이, 사실 적성이라는 단체가 드러나게 된 것에 오적이 남긴 검상이 큰 역할을 했기 때문이다.

매화검선은 진신 실력을 다하지 않으면 이길 수 없을 정도로 강한 상대였기에 무공을 숨기면서 상대할 수는 없었다.

무공을 사용할 때만 하더라도 이 흔적을 누가 알아볼 수 있을 것이라고는 생각하지 않았다. 무려 이백 년 전의 무공이고, 비슷하다고는 하나 제대로 된 자료가 남아 있지 않은 무공이니 말이다.

그저 이름과 그 위력만이 세간에 맴도는 것이 성우적하검(星雨赤霞劍)이 아니던가.

한데 그것을 알아보는 이가 나왔다. 가장 먼저 오적의 머릿속에 든 생각은 의문이다.

'어떻게 그것을 알아본 것이지?'

성우적하검이 무림에 모습을 드러낸 것은 단 한 번. 황룡문과 적성의 충돌에서 모습을 드러내었다. 당시의 오적이 황룡문주와 충돌하면서 성우적하검을 드러내었고, 그리고 오적은 당시의 황룡문주인 검존의 손에 목숨을 잃었다.

그 무공을 알아볼 수 있는 이는 당시의 황룡검존과 오적의 생사투를 가까이서 지켜본 이만이 가능하다는 결론이 나온다. 그런데 어떻게 이백 년이 흐른 지금 그것을 알아보는 이가 있다는 말인가?

오적이 고개를 절레절레 흔들었다.

"누가 그 검상을 알아보았다고 했느냐?"

오적의 말에 적발라가 머리를 처박고 답했다.

"현 황룡문의 문주인 철혈황룡이 그 무공을 알아보았다고 합니다."

현 황룡문의 문주라고 한다. 악연도 이런 악연이 없다. 지난 대업에서는 오적이 황룡문의 손에 목숨을 잃었다. 근데 이번에는 황룡문의 손에 적성이 백일하에 드러나 버렸다.

'지긋지긋한 악연이라고 하면 될까.'

한 번도 마주친 적이 없는 황룡문의 문주지만, 이 정도면 정말 지긋지긋한 악연이라고 해도 문제가 없을 것이다.

"다른 칠적(七赤)은 이 일에 대해서 뭐라고 말하느냐?"

적성은 내부에서 규율을 잡음에 있어 장로라든지 당주라는 개념을 사용하지 않는다.

가장 아래가 일천주(一千朱), 그 위가 백홍(百紅), 그 위로 지금 적발라가 속해 있는 삼십단(三十丹)이 있다.

그리고 그 위에 존재하는 일곱 명의 절대자, 그들을 칠적(七赤)이라고 부른다.

그중 오적은 다섯 번째라는 의미로 오(五)라는 이름을 받았다. 그리고 이들을 통솔하는 단 한 존재, 붉은 별의 기운을 받아 탄생한다는 존재인 일성(一星)이 있다.

이백 년 전에는 그 일성이 완성되지 못한 상태였다. 현재도 마찬가지다. 당대의 일성은 아직 완성되지 못했다. 그래서 조심스럽게 활동을 하던 것인데, 일성이 완성되기도 전에 적성이라는 존재가 드러나 버렸으니 계획에 차질이 생길 수도 있다.

"다른 칠적들께서는 각기 연락을 보내오셨는데······."

"보내왔는데?"

말을 하는 적발라가 땅에 머리를 쿵 하고 찍으며 몸을 잘게 떨었다.

"칠적(七赤)께서는 하, 한심한 놈이라고."

그 말에 오적이 허탈한 웃음소리를 내었다. 칠적 내부에서도 분명 위계질서가 나누어져 있다. 일적이 가장 강하고 서열이 높으며 칠적이 가장 아래라고 할 수 있다.

서로 존댓말을 하는 사이는 아니지만, 그래도 칠적 따위에게 한심한 놈이라는 말을 들은 오적의 기분이 좋을 리가 없다.

"다른 놈들은, 다른 놈들은 무어라 하더냐?"

오적이 허탈한 웃음을 계속 흘리며 말했다.

"육적과 사적께서는 그럴 줄 알았다고 하셨고……."

"계속 말해보아라."

드드드드드—

오적의 몸에서 기운이 뿜어지고, 그가 몸을 정양하고 있는 동굴 전체가 흔들리기 시작한다.

콰드드드득—

오적이 앉은 자리를 타고 바닥이 박살 나며 위로 터져 나갔다. 하지만 적발라는 그 속에서 감히 움직일 수 없었다.

머리를 처박고 낮게 고개를 숙여야 한다. 그래야 살 수 있다. 자신이 비록 칠적보다 한 단계 아래인 삼십단이라고 하지만, 단(丹)과 적(赤)의 경계는 어마어마하다.

검기와 검강의 경계?

아니, 그 이상이다.

"이적과 삼적께서는 아무런 말씀도 하지 않으셨습니다. 그리고 일적께서는……."

일적이라는 말에 오적의 기운이 그 자리에서 멈추었다. 일적은 칠적 중에서도 가장 강하고 지고한 위치다. 자존심상 인정하기 싫지만, 모두 으르렁거리는 칠적들도 사실 일적에게는 한 수 접어주는 것이 사실이었다.

"섬서가 아닌 다른 곳의 대계를 조금 앞당겨 사천의 독왕을 죽여야겠다고 하셨습니다."

그 말에 오적의 눈이 꿈틀 움직였다. 사천의 독왕이라 한다면 당가의 태상가주로서 매화검선과 비슷한 배분, 비슷한 경지를 이룩한 고수가 아니던가?

"독성을?"

사실 섬서의 내부에서 일어나는 일은 오적이 독자적으로 처리할 수 있다. 그 말은 반대로 말하면 적성의 행사에 대해서 오적이 관리를 맡은 부분이 섬서라는 말이다.

무림을 대표하는 고수들이 있는 곳에는 대부분 자신과 같은 칠적이 하나씩 나가 있다.

그리고 독성이 있는 사천에서 움직이는 것은 육적(六赤). 아마도 독성을 죽이게 된다면 육적이 직접 움직일 것이다.

"전 무림의 시선이 적성을 주목하고 있다. 한데 어떻게 독성을 죽인다는 말이지?"

그 말에 적발라가 고개를 숙였다.

"더 이상 숨기지 말라고 하십니다."

"더 이상 숨기지 말라? 아직 일성께서 완전하지 않다는 사실을 알고 있을 텐데?"

적발라가 고개를 끄덕이며 답한다.

"일적께서 말하시기를, 성(星)께서는 이제 본연의 힘을 팔

할 정도 이루셨다고 하십니다."

팔 할. 일성의 힘이 지금까지 완전해진 적이 없어 어느 정도인지는 모르지만, 기록에 따르면 이백 년 전 적성은 육 할의 힘으로 일적을 압도할 정도였다고는 한다.

칠적 중 최고라는 일적을 육 할의 힘으로만 압도했다. 한데 이번에는 팔 할이라고 한다.

아마도 완전해지기까지는 오 년이 채 걸리지 않을 것이다.

그가 침을 꿀꺽 삼켰다.

"내가 실수해서 별의 대계에 피해를 준 것은 아닌지 모르겠구먼."

그가 허허로운 웃음을 흘리며 말했다. 웃음을 흘리고 있으나, 잘게 떨리는 눈가만은 절대로 숨길 수 없다.

그가 적발라를 향해 손을 뻗었다.

"일적을 포함한 다른 칠적에게 전하게."

적발라가 살짝 고개를 들어 그의 다음 답을 기다린다.

"본 성의 대계를 망쳐 놓은 그 철혈황룡인가 뭔가 하는 황색 지렁이는……."

그가 손을 움켜쥐었다.

퍼석 하는 소리와 함께 적발라 바로 옆의 바위가 터져 나간다.

허공섭물만으로 바위를 가루로 만들어 버린 것. 채 완치되지 못한 그의 몸임에도 불구하고 감히 범접할 수 없는 절대의 기운이 일기 시작한다.

그것은 광포한 폭풍이었다.

모든 것을 쓸어버릴 거대한 폭풍이 천지사방을 휩쓸고, 암혈 내부를 무너뜨릴 듯이 휘몰아쳤다.

드드드드—

암혈이 흔들리고, 오적의 기운이 한순간 모두 멈추었다.

"내상이 완치되는 대로 내 손으로 죽이겠다고."

적발라가 바닥에 머리를 찍었다.

그의 머리가 깨져 피가 흘러나오고, 그것을 괘념치 않은 적발라의 목소리가 암혈 내부에서 크게 울린다.

"속하, 다섯 번째 붉음의 명을 받듭니다!"

* * *

북해의 사내들은 거칠기 그지없다. 북해의 바다와 사투를 벌이는 이들이 거칠지 않을 리가 없었다.

또한 어지간한 무림인은 견뎌내지도 못할 북해라는 척박한 땅에서 견뎌낸 이들이다.

그들의 순수한 완력은 이류 무인보다 뛰어난 정도였다.

"흐흐흐, 저년, 미친년 같은데?"

그런 북해의 사내 중 하나인 구덕이 멀리 보이는 여인을 보며 말했다. 백옥과 같은 나신, 아무것도 걸치지 않은 몸이 백일하에 드러나고, 눈마저 그녀를 피해갈 아름다움이 보인다.

그의 옆에 있던 그의 동료 칠수가 시시덕거리며 맞장구를 쳤다.

"그러게 말이야. 흐흐. 저년, 아주 실하게 미쳤구만."

그의 눈이 음탕하게 여인의 위와 아래를 살폈다. 그들이 군침을 흘리며 그녀를 향해 다가갔다.

그녀 역시 이쪽으로 오고 있었기 때문에 만나는 것은 오래 걸리지 않을 터였다.

그런 그들을 북해에서 잔뼈가 굵은 노인 화씨가 만류했다.

"그만들 두게. 비록 미친년으로 보인다곤 하지만 저 여인은 북쪽에서 내려온 여인일세."

북쪽, 북해의 북쪽에는 지금 아무것도 살지 않는다. 북쪽으로 갈수록 바람과 눈보라가 거세지고 온도가 뚝 떨어지기 때문에 사람도 살기 어려웠다.

살고 있는 것이라고는 가죽이 두꺼운 동물 몇 마리뿐. 과거에는 빙궁이라는 무림 단체가 있어 북해의 북쪽에 자리했다곤 하나 그것은 이백 년 전의 이야기다.

지금은 아무것도 살지 않은 불모와 북풍(北風)의 대지.

한데 저 여인은 알몸으로 북쪽에서 내려온 것이다.

미친년이라고 하나 이상하지 않을 리가 없다.

하지만 마력과도 같은 아름다움을 풍기는 여인의 매력에 중독된 사내들이 화씨의 말을 들을 리가 없었다. 그들이 말리는 화씨를 밀쳐 내고는 여인을 향해 다가갔다.

"흐흐흐. 이거 참 죽이는구만."

가까워질수록 명확하게 보이는 새 하얀 나신. 흩날리는 눈마저도 그녀의 몸매를 숨길 수 없다

새하얀 눈 천지인 북해에서도 이토록 빛나 보이는 여인이 있던가?

그들의 눈이 음탕함으로 물들었다.

그들이 걸음을 빨리 옮겨 여인의 앞으로 다가선다. 그들이 다가오자 여인이 자리에서 멈추고 무표정한 얼굴로 그들을 응시했다.

"흐흐흐. 이봐, 이렇게 추운 데서는 뭐라도 입지 않으면 죽는다고."

그가 입가로 침을 흘리며 말했다. 무엇이 그리도 탐이 나는 것인지 침을 삼키는 목젖이 꿀렁이고, 눈은 이리저리 움직이며 여인의 구석구석을 관찰한다.

그가 꿀꺽 또 침을 삼켰다.

구덕의 말에 칠수가 고개를 끄덕이며 여인을 향해 걸어갔다.

"그러게 말이지. 이렇게 나의 품에 들어오라고."

"흐흐. 따뜻한 가슴으로 덮어줄 테니까 말이지?"

둘은 서로를 마주 보고 웃으며 두 팔을 활짝 벌렸다. 그들의 눈에 여인의 허리춤에 매여 있는 검이 들어온다. 무엇으로 만든 검인지 알 수 없으나 눈처럼 시리고 투명하다.

그가 검을 향해 손을 뻗었다.

"흐흐. 이런 위험한 물건은 가지고 다니면 안 된다……."

그 순간, 세상이 어긋나기 시작했다.

사내의 눈에 비친 세상이 두 개로 갈라지고, 하나의 세상이 주르륵 미끄러져 내린다.

"어?"

사내가 팔을 들어 자신의 미간을 만졌다.

무언가 축축한 것이 느껴지고, 차가운 북풍이 불어오는 와중에도 미간을 타고 내리는 뜨거운 것이 느껴졌다.

그 뒤를 이어 고통이 엄습하는 순간,

칠수의 몸이 아래로 허물어져 내렸다. 그것도 머리가 두 동강이 난 채로 허물어져 내리고, 아무런 감정도 없는 여인의 눈이 이번에는 구덕에게로 향했다.

"흐이익!"

자신의 동료가 단번에 죽는 것을 보고서야 이성이 돌아온다. 이런 북해에서 아무것도 입지 않고 견딘다는 것이 얼마나 힘든 일인데 이 여인은 그것을 하고 있는 것이다.

이제야 상황 판단이 되기 시작한다.

어떻게 될까?

나도 칠수처럼 죽을까?

죽음과 관련된 수십 가지 생각이 머릿속을 헤집었다.

여인이 구덕을 향해 검을 겨눈다. 투명하여 시리기까지 한 검신이 눈에 보이고, 저 검에 맞아 죽는구나 싶었다.

그 순간, 여인의 목소리가 들려왔다.

"…줘."

잘못 들은 것인가? 분명 여인은 자신에게 무언가를 달라고 하고 있다.

두려움을 무릅쓰고 그가 귀를 기울였다.

"뭐?"

아무런 표정도 없이 차갑기만 한 여인의 얼굴, 그 얼굴에 달린 입이 움직였다.

"…옷 줘."

*　　*　　*

황룡문이 있는 섬서와 당가가 있는 사천은 서로 꼬리와 머리를 맞대고 있다. 사천성은 중국 남서부의 양자강(揚子江)

상류에 있는 성으로서 오대세가 중 하나인 사천당가(四天唐家)이 자리하고 있고, 또한 구파일방에 속해 있는 아미와 청성이 자리하고 있는 곳이기도 하다.

자운의 걸음이 향하는 곳은 그중에서도 중강(中江), 사천당가가 있는 성도에서 말을 타고 한 나절 정도 떨어진 곳에 있는 땅으로서 자운이 찾는 사람이 살고 있는 곳이었다.

또한 뱃길과 관도가 중강을 십(十)자로 관통하기 때문에 쉬이 찾아갈 수 있는 곳이기도 하다.

자운의 발이 중강에 당도한 것은 섬서를 나온 지 딱 팔 일째 되는 날 아침이었다.

자운이 중강으로 들어서며 고개를 이리저리 돌린다.

"후우! 사천 땅이라……. 이게 얼마 만에 오는 거지?"

체감 시간으로 놓고 보면 오래지 않은 것 같으나, 사실은 이백 년 전에 와보고 처음 와 보는 것이다. 이리저리 변해 버린 사천 땅의 모습. 과연 이백 년의 세월이 적지만은 않은 모양이다.

자운은 품속에서 하오문에서 그려준 약도를 꺼내 들었다.

이곳에 자운이 찾아가고자 하는 철기방이 있다. 얼마나 약도를 따라 걸음을 옮겼을까?

후끈한 열기가 자운의 얼굴로 와 닿는다.

철기방에서 나오는 열기. 생각보다 규모가 작은 철기방이었으나 그 화력만큼은 절대로 적지 않았다.

평가철방.

이곳에 황룡문의 검을 만들 수 있는 비전을 가진 대장장이가 있다.

자운이 철방 안으로 한 걸음을 들였다.

따앙―

강한 철을 만들고, 강한 검을 만들기 위해 여기저기서 망치질하는 소리가 들려온다.

자운이 고개를 끄덕이며 주변을 살폈다. 무림인들이 자주 방문하는 철방답게 대부분의 제품이 검을 비롯한 병기들이었다.

거대한 패도(覇刀)도 있었으며 무게중심이 잘 잡힌 중검도 있다. 자운이 검을 이리저리 둘러보고 있을 때, 야장으로 보이는 노인 하나가 자운을 향해 다가왔다.

"무슨 일로 오셨소?"

자운이 그의 눈을 바라본다. 하오문에서 적어준 생김새와 다르다. 이 사람은 아니다.

"사람을 하나 찾으러 왔는데……."

자운이 말꼬리를 흘리고, 노인이 말해보라는 듯 고개를 끄덕였다.

"혹시 여기에 조고라는 사람이 있지 않나?"

그의 말이 끝남과 동시에 주변의 망치질이 멎었다. 따앙 하고 망치와 함께 한 짝이 되어 소리를 내던 모루가 더 이상 소리를 내지 않는다.

그 자리에 있는 야장들의 시선이 자운과 노인에게로 집중되었다.

노인이 아무렇게나 손을 휘둘렀다.

"뭣들 해. 어서 작업들 하라고. 당가에서 들어온 주문이 얼마 남지 않았어. 설마 작업량을 다 맞추지 못할 생각은 아니지?"

그가 눈을 부라리며 손을 흔들자 다시 야장들이 망치질을 시작한다. 언제 그랬냐는 듯 불과 철에만 집중하는 모습. 그들이 다시 작업을 시작하자 노인이 자운을 바라보았다.

"무슨 이유로 그를 찾는지는 모르겠지만, 그는 이제 우리 철방에는 없소."

자운의 미간이 꿈틀 움직였다.

이곳에 있다고 해서 이렇게 멀리까지 찾아왔는데 뭐?

이곳에 없다고?

자운이 노인을 바라보았다. 고개를 숙이고 있으나 흔들림이 없는 것으로 보아 거짓은 아닌 듯했다.

"여기 있다는 말을 듣고 왔는데?"

자운이 그를 향해 물었다. 노인이 고개를 절레절레 흔든다.

"불과 사흘 전까지만 해도 여기 있었지."
"지금은 없다는 건가?"
노인이 고개를 끄덕이며 말했다.
"놈의 실력이 최고이기는 했으나, 놈은 대장장이로서 해서는 안 될 일을 했소."
자운이 물었다.
"대장장이로서 해서는 안 될 일?"
"검에 욕심이 생겨 그 검을 가지고 도망갔소이다. 사천당가에서 수리를 부탁한 검인데, 그들에게 무어라 말해야 할지……."
그가 말꼬리를 흐렸다.
자운의 미간이 꿈틀 움직였다. 그 검을 가지고 도망을 가고 안 가고 한 것이 중요한 것이 아니다. 그 검이 사천당가의 것이냐 아니냐도 자운에게 있어서는 중요하지 않았다.
중요한 것은 그가 지금 이 자리에 없다는 사실과 지금은 이들도 어디 있는지 모른다는 사실이다.
자운이 고개를 흔들었다.
"그래? 그럼 당신들도 그놈이 어디 있는지 모른다는 거지?"
노인이 고개를 끄덕였다.
자운이 아무런 망설임도 없이 고개를 돌렸다. 그리고 철방 밖으로 저벅저벅 걸어나가기 시작한다.

"그럼 여기서는 더 이상 볼일이 없지."
자운이 나가며 속으로 중얼거렸다.
'하오문의 눈과 귀를 한 번 더 빌리는 수밖에 없나?'

조고는 산을 타는 중이었다. 그의 등에는 헝겊에 조심스럽게 감싸진 검이 하나 있었고, 무엇이 불안한지 산을 타는 와중에도 계속해서 뒤를 돌아보았다.
"이 검을 왜 사천당가가 갖고 있는 거지? 허억! 허억!"
스스로 의문을 던져 보았으나 답을 해줄 이는 없었다. 조고가 알고 있는 이 검, 선조들에게서 입으로 암암리에 전해지는 이 검은 사천당가가 가지고 있을 것이 아니었다.
이 검은 분명 그의 선조가 만든 검이 분명했고, 그의 선조가 주인에게 바쳤다는 검이 분명했다. 그래서 그 주인은 이 검을 신검이라 불렀다.
지금은 망해가는 문파지만 얼마 전에 살아났다는 소리를 들었다.
이 검을 그들에게로 전해주어야 한다. 자신은 비록 그들에게 돌아가지 못했지만, 이 검만큼은 그들에게로 전해주어야 한다.
그 생각을 가지고 조고는 한참을 산을 탔다. 중간 중간 추격자가 있는지 없는지 확인하는 것도 잊지 않았다.

그러던 어느 순간 허공에서 목소리가 들려온다.

"용의 어금니를 천 일간 제련하여 만들었다는 검, 그래서 달리 용신검이라 불리지."

젊은 목소리였다.

그 목소리를 들은 조고의 걸음이 우뚝 멈추었다. 지금 사내가 설명하는 검, 그것은 자신이 등에 메고 있는 검과 같은 것이었다.

'추격자인가?'

조고가 검을 뺏기지 않겠다는 의지를 보이듯 검을 품에 품었다. 절대로 넘겨주지 않겠다는 의지다. 목소리는 계속해서 들려왔다.

"달리 부르는 이름은 황룡신검. 황룡문의 신물이지."

저 멀리서 나무 사이로 사내가 천천히 걸어나온다.

소맷자락에 황룡이 수놓아진 황색 장포를 입은 사내, 그가 천천히 나무를 헤치고 걸어나왔다.

산보라도 나온 듯한 가벼운 발걸음이 이어지고, 어느 순간 사내는 조고의 앞으로 와 있었다.

그리고 헝겊으로 감싸진 검을 움켜쥔다.

"조고, 너는 이 황룡신검으로 무엇을 할 생각이었지?"

사내는 바로 자운이었다. 하오문을 이용해 알아낸 사실에 의하면 사천당가의 가주가 물건의 수리를 조고에게 맡겼다고 한다.

조고는 사실상 사천에서 다섯 손가락 안에 꼽히는 대장장이였으니 그의 실력을 믿은 것이다.

한데, 조고가 그 물건을 들고 사라졌다.

자운은 조고의 행방과 함께 그 물건에 주목했다. 그리고 몇 다리를 거쳐 알아낸 것은 그것이 황룡신검이라는 사실이었다.

조고는 그 검이 황룡신검임을 알아본 것이다.

조고가 떨리는 목소리로 자운에게 답했다.

"이, 이것은 주인에게 돌려주어야 하는 검이오."

자운이 옳다는 듯 손뼉을 치며 고개를 끄덕였다.

"물론 주인에게 돌려줘야지. 그것의 주인이 황룡문의 문주 맞지?"

조고가 고개를 끄덕인다. 그가 고개를 끄덕이자 자운이 손을 뻗었다.

"내놔."

"뭐?"

자운의 말에 조고가 의문을 표하고, 자운이 다시 손을 흔들었다.

"그 칼 내놓으라고."

"이 검은 주인에게 돌려주어야……."

자운의 몸에서 황금색 기운이 솟구쳤다. 그 어느 문파도 가지지 못한 황금의 기운, 그것은 명백한 금룡진기였다.

자운의 온몸이 황금색 기운에 휘감긴다. 그 모습은 마치 기운을 장포처럼 두른 듯한 모습. 온몸이 황금색으로 물들고 입고 있는 황색의 장포가 기운과 어울려 반짝이기 시작한다.

단순한 착시현상이지만, 보고 있는 조고는 정말로 한 마리의 용이 인간으로 화하는 듯한 감각을 느꼈다.

조고가 감탄성을 흘렸다.

"아!"

금룡진기가 사방으로 뻗어 나가고, 자운이 다시 조고를 향해 손을 뻗었다.

"내가 황룡문의 문주야."

어느새 기운을 거둔 자운과 조고가 서로를 마주 보며 앉아 있었다.

"당신이 정말 황룡문의 문주라는 말이오?"

자운이 고개를 끄덕였다.

"그렇다니까. 아까 그걸 보면서도 못 믿나?"

사실 금룡진기는 황룡문의 제자가 아니라면 흉내도 내지 못하는 것이다. 또한 자운이 보인 금룡진기의 양으로 보아 초절정의 수준에 이른 고수.

조고 역시 소문을 들은 적이 있다.

망해가던 황룡문에서 경지에 이른 고수가 나와 다시금 황룡문을 일으켰다고.

그가 바로 황룡문의 당대 문주 철혈황룡 천자운이라는 말을 말이다.

조고가 침을 꿀꺽 삼켰다.

눈앞에 있는 사내의 말이 진실이라면 이자가 바로 천자운이다.

자운이 손을 흔들었다.

"믿기 어려운가 본데, 나는 지금 이 자리에서 널 죽여 버리고 그 검을 가져갈 수도 있어."

자운의 말에 그가 검을 품에 꼬옥 품었다. 두려움에 휩싸이면서도 검을 지키려는 것이다.

자운이 그 모습을 보고 피식 웃었다.

"황룡문을 생각하는 마음이 대단하군. 근데 왜 황룡문으로 돌아올 생각을 하지 않았지?"

자운의 말에 조고의 움직임이 멈칫한다.

갑작스러운 자운의 말, 왜 황룡문으로 돌아올 생각을 하지 않았냐고?

"나는 사실 그 검에 대한 정보를 알지는 못했어. 널 황룡문으로 데려가기 위해 찾은 거지."

자운이 그를 내려다보며 말했다.

"그리고 겸사겸사 황룡신검도 알게 되었으니 일거양득이네."

어깨를 으쓱해 보인 자운이 계속해서 말을 이어나갔다.

"근데 지금 네 태도를 보니까 궁금한 게 생겼어. 황룡신검을 그렇게 아끼는 걸 보면 황룡문에 대한 마음은 여전한가 보지?"

자운의 말에 조고가 고개를 끄덕인다.

"그런데 왜 황룡문으로 다시 돌아올 생각은 안 했지? 황룡문이 힘들 때, 그때 도와주어야 하는 것이 아닌가? 왜 넌 황룡문이 다시 살아나는 기미가 보이자 그 검을 들고 황룡문으로 향하는 것이지?"

자운의 물음에 잠시나마 침묵이 이어졌다. 조고는 자운에게 몇 번이나 무언가를 말하려는 듯 입을 달싹였고, 그때마다 자운의 눈을 마주 보고는 다시 침묵했다.

한참을 침묵이 이어졌을까.

그가 결국은 입을 뗐다.

"지킬 수 없는 보물은 화를 불러오게 마련이오."

"뭐?"

"나의 선조들은 황룡문의 주철법을 몇 번이고 계량하여 더 좋은 주철법으로 만들었소. 그리고 이 주철법을 가지고 황룡문으로 돌아가고 싶어했지. 그 마음은 선조들의 영향을 받아 나 역시 마찬가지요."

"그런데?"

대충 짐작은 했으나 조고의 입으로 듣고 싶었다. 그 이유를, 황룡문에 돌아오지 않은 이유를.

자운이 그의 답을 기다렸다.

"하지만 황룡문은 점점 약해지고 있었소. 이 주철법을 가지고 황룡문으로 돌아간다면 절대로 황룡문은 그것을 지켜내지 못하겠지. 그것은 지금도 마찬가지요."

그의 말에 자운이 미간을 꿈틀 움직였다.

"황룡문이 약하다고?"

자운이 검을 뽑는다. 허공으로 솟구치는 검기. 수십 다발에 이르는 검기가 허공으로 비산하고, 하늘에서 비처럼 검기의 다발이 내려친다.

콰과과과광—

산이 움푹움푹 파이고, 나무가 넘어졌다. 자운의 검기에 반경 삼여 장이 그야말로 쑥대밭이 되었다.

하지만 자운과 조고의 주변을 그야말로 아무런 탈도 없이 무사하다. 조고는 넋을 놓고 그 광경을 지켜보았다.

"내가 폐관에 들어 있는 동안 황룡문이 어땠는지 나는 정확하게 몰라."

자운이 검을 허리춤으로 다시 갈무리한다.

어디선가 소란스러워지는 것이 누군가가 달려오는 것을 보지 않아도 느낄 수 있었다.

한 무리의 사람이 그들의 주변으로 다가오고 있었다. 미약하나마 독향이 나는 것이 사천당가의 인물들이 분명했다.

하나 자운은 전혀 신경 쓰지 않고 조고를 내려다보았다.

"하지만 내가 있는 황룡문은 다르지. 지금까지의 그 어떤 문주보다 거대하게, 강하게 만들 거다."

자운이 손을 뻗었다. 그가 조고의 품속에서 황룡신검을 움켜쥔다.

자운의 앞, 다시 말해 조고의 뒤에는 어느새 사천당가의 사람들이 빽빽하게 들어차 있다.

이 검을 쫓아온 것이다. 자운이 그들을 노려보았다.

"너 하나를 지켜줄 힘 정도는 충분히 있다."

자운이 황룡신검을 들고 사천당가의 인물들을 향해서 걸어갔다.

"돌아와라. 황룡문으로."

사천당가의 식솔들이 자운의 손에 들린 황룡신검을 알아보고 소리쳤다.

"그 검은 본가의 검이오!"

그들의 말에 자운이 코웃음을 친다.

그리고 그들을 향해 중얼거렸다.

"사천당가의 가주에게로 안내해. 이 검의 주인이 누구인지 확실하게 시비를 가려야겠다."

그의 말에 사천당가의 인물 몇이 말도 안 되는 소리라는 듯 자운을 향해 소리친다.

"그 검은 본가의 검인데, 가릴 필요도 없는 주인을 왜 우리 가주님이 댁과 가려야 한다는 말이오!"

자운이 검을 들었다. 금룡진기가 황룡신검을 타고 흐르고, 검을 타고 불꽃이 튀었다.

파지직—

검이 백열하며 황금빛을 뿜어내기 시작한다. 어디선가 용 우는 소리가 들리며 검에 새겨진 용이 꿈틀거리며 움직였다.

검은 이전보다 더욱 진한 예기를 발하며 자운의 손에서 오연히 빛난다.

"왜냐고?"

자운이 히죽 웃었다.

"내가 이 검의 주인이니까."

"당신이 그 검의 주인이라고? 말도 안 되는 소리! 그 검은 이백 년 전부터 본가에 내려오는 물건이다!"

자운의 말에 당묘기가 소리쳤다. 당묘기는 당가의 장로로서 직계 혈통을 가진 독의 고수다. 자운이 무슨 수를 부린 것

인지 검의 기운이 변하기는 했지만, 그래도 자신은 이길 수 있을 것이라고 생각했다

 또한 이곳은 식솔들의 앞이 아닌가?

 "이건 이백 년 전이 아니라 사백 년 전에 본 문의 신물이 되었어."

 자운이 당묘기의 말을 받아쳤다. 하지만 사실을 모르는 당묘기가 믿을 리가 없다.

 "웃기고 있군. 이제 보니 미친놈이구나. 네까짓 게 보고 싶다고 대당가의 가주님을 뵐 수 있을 줄 아느냐!"

 그가 손을 휘둘렀다. 그의 손에서 강력한 장력이 뿜어지고, 자운이 검을 들었다.

 "그래? 그럼 힘으로라도 만나야지."

 자운의 검기가 천지사방을 휩쓸었다

第九章 당신, 노망났어?

황룡난신

당묘기가 신음을 흘리며 뒷걸음질을 쳤다.

"으으으으으."

그는 보았다. 자운의 단 일 검에 수십에 이르는 당가의 식솔이 모두 허물어지듯 쓰러지는 것을 말이다.

"이제 당가의 가주와 이야기를 하게 해줄 생각이 좀 들었나?"

자운이 당묘기의 앞으로 저벅저벅 다가왔다. 자운이 다가오자 당묘기가 뒤로 물러선다.

"으으. 도대체 넌 누구냐? 당가에 이런 수모를 주고도 무사

할 것이라고 생각하느냐!?"

자운이 웃으며 계속해서 당묘기를 향해 걸어갔다.

"나? 나는 당연히 황룡문의 문주지."

자운이 스스로 고개를 끄덕이며 말을 이어갔다.

"그러기에 처음부터 당가의 가주를 만나자고 했을 때 만나 주면 일이 편했잖아."

자운이 고개를 으쓱해 보였다.

"이래 봬도 죽은 사람은 한 명도 없어."

당묘기로서는 믿을 수가 없는 말이다.

황금빛 검기가 사방으로 비산하는 것을 보았거늘 죽은 사람이 없다니, 어떻게 그 말을 믿을 수가 있다는 말인가?

검기에 닿고도 사람이 죽지 않는다고?

그것이 가능한 경우는 단 하나뿐이다.

당묘기가 입을 가늘게 떨었다.

"설마……?"

"어. 검기점혈(劍氣點穴)했어."

검기점혈. 일반적인 점혈은 손가락으로 혈을 눌러 기운을 막는 것으로 시작한다. 하지만 검기점혈은 조금 다르다. 검으로 찔러 점혈을 하는 것이 아니라, 검기를 상대방의 몸속에 혈을 타고 밀어 넣어 기운을 막아버리는 것이다.

일반적인 점혈보다 훨씬 더 상승의 경지. 그걸 지금 당가의 식솔 수십 명에게 동시에 펼쳤다고?

그게 말이나 되는 소리인가?

당묘기가 후다닥 식솔 중 하나의 맥을 잡았다. 정말 죽지 않았다. 몸에는 상처 하나 없고, 잠에 빠져 있는 것이 분명했다.

'믿을 수 없다.'

자운이 어깨를 으쓱하며 말한다.

"이제 좀 믿겠어?"

당묘기가 바로 옆의 식솔의 맥을 잡았다. 이 역시 마찬가지. 잠에 빠져 있는 것이 분명했다.

맥이 고르게 뛰고 있었다.

"다, 당신이 황룡문의 문주라는 말이오?"

"그래."

"어찌해서 황룡문이 당가와 척을 지겠다는 말이오?"

"당가와 척을 지겠다고 한 적 없어. 이 검의 주인을 가리겠다고 했을 뿐이지."

자운이 어느새 다시 빛을 잃은 황룡신검을 보여주었다.

"그리고 이 검이 왜 당가에 있었는지도 궁금하고."

"그 검은 이백 년 전부터 본가에 있어온 것이오. 또한 대대로 태상가주님께서 관리하는 것이기도 하오."

"그럼 태상가주를 만나서 시비를 가려야겠네."

도무지 말이 통하지 않는 사람이다. 당묘기는 그렇게 생각하며 침을 꿀꺽 삼켰다.

"그것은 당가의 것이란 말이오. 시비를 가리고 말고 할 것이 아니라……."

자운의 몸이 획 하고 사라진다. 다시 나타난 곳은 당묘기의 앞이었다.

자운이 황룡신검을 들어 당묘기의 목에 겨누었다. 검신을 타고 벗겨진 피부에서 피가 흘러내린다. 많은 양은 아니었으나 단번에 목을 날려 버릴 수 있는 자세. 자운이 위에서 당묘기를 내려다보았다.

"이봐, 지금 너에게 선택권은 없어. 이 자리에서 죽거나 그렇지 않으면 우리를 태상가주에게 데리고 가거나."

당묘기가 자운의 얼굴을 바라보고 침을 삼켰다.

        *   *   *

말했듯 중강에서 성도까지는 말을 타고 반나절 거리밖에 되지 않는다. 자운이 당묘기를 따라가며 뒤따라오는 조고에게 말했다.

"말했지. 너 하나 지켜줄 힘 정도는 있다고."

자운의 말에 조고가 고개를 끄덕인다. 당가의 식솔들을 단

한순간에 잠재워 버리는 신위. 그 신위라면 지금 이 주철법을 지킬 수 있으리라.

당대의 황룡문주는 정말 상상도 할 수 없는 괴물일지도 몰랐다. 화산에서 전해진 소식이 과장된 것만은 아닌 것 같았다.

조고가 자운의 등을 바라보았다.

그리 크지 않은 등인데 저 등에 황룡문이라는 무거운 것이 실려 있는 것이다.

그럼에도 불구하고 보이는 시종일관 장난스러운 태도. 그것은 무거운 짐을 내색하지 않기 위한 모습일까?

그렇지 않으면 가진 바 능력에서 묻어 나오는 여유일까?

알 수는 없었지만, 어쩌면 후자일 것 같다는 느낌이 강했다.

그가 자운의 등을 한참을 보고 있을 때, 자운이 뒤를 돌아보며 물었다.

"뭐하냐?"

조고가 고개를 세차게 흔들어 보이며 소리쳤다.

"아무것도 아닙니다!"

어느새 해가 져 가고 있고, 말을 타고 있는 자운과 당묘기, 그리고 조고의 그림자는 성도를 향해서 길어지고 있었다.

그런 그들의 뒤를 당가의 식솔들이 뒤따랐다.

"당신 노망났어?"

자운이 당가의 태상가주를 바라보며 말했다. 그러자 주변에서 지켜보던 당가의 장로들이 분기탱천한 모습으로 자운에게 소리쳤다.

"이런 못 배워먹은! 지금 그게 무슨 말버릇이오, 천 문주!"

당가의 장로 중 하나가 자운을 향해 소리쳤다. 자운이 그를 향해서 피식 웃으며 말한다.

"그럼 지금 이게 노망난 소리가 아니란 말이야?"

사실 당가에 간다고 해도 바로 태상가주를 만나는 것은 쉽지 않았다. 하지만 자운이 수강이 솟구치는 손으로 황룡신검을 부숴 버리겠다고 협박을 했다.

처음에 당가의 인물들은 독으로 자운을 중독시켜 황룡신검을 빼내려 했다.

하지만 어찌 돼먹은 몸뚱인지 은밀하게 여러 가지 종류의 마비독을 풀었건만 전혀 통하지를 않는다.

그렇게 자운이 강기를 뿜어내며 황룡신검을 부수겠다는 시위를 한 지 이각이 좀 넘었을 때, 마침내 당가는 항복했다.

자운을 태상가주가 있는 곳으로 안내한 것이다.

사실 태상가주가 자운을 불러들인 것도 이유 중 하나였다.

자운의 말에 당가의 태상가주 독성이 허허롭게 웃었다.

"허허허, 나는 노망이 나지 않았지. 안타깝게도 매우 정상이라네."

자운이 독성의 눈을 노려보았다. 독성이 작은 눈으로 자운의 눈을 피하지 않고 마주 본다.

먼저 고개를 돌린 쪽은 자운이었다.

"젠장."

그가 황룡신검을 탁 내려놓았다.

"그러니까 이 검은 황룡문의 검이 맞다는 거잖아."

"그렇지."

독성이 고개를 끄덕였다.

"근데 내가 왜 댁의 손녀랑 약혼을 해야 하는 거냐고."

자운이 손에 들린 황룡신검을 집어 던져 버릴 기세로 이리저리 휘두르며 말했다. 그 모습이 예의가 없어 함께 자리하고 있는 당가의 장로들이 혀를 찼다.

하지만 독성은 아무런 말도 없이 자운이 하는 꼴을 보고 있을 뿐이었다.

한참을 자운을 바라보던 그가 툭 말을 던졌다.

"미친 거냐? 발광을 하는구나. 허허허허."

그 말에 자운이 검을 이리저리 휘두르는 것을 뚝 그친다.

당신 노망났어? 205

사실인즉 이러했다. 자운이 폐관에 들어선 후 황룡검존은 당시의 당가주이자 자신의 친우였던 이를 찾았다.

당시의 당가주와 검존은 성격이 잘 맞을 뿐만이 아니라 그와는 함께 전장과 사선을 넘나들며 생과 사를 공유한 사이이기도 하였다.

그리고 가진 술자리, 그 술자리에서 황룡검존은 황룡문의 신물 황룡신검을 가주의 손에 넘겨주었다.

'이것을 나에게 넘기는 이유가 무엇인가?'

아마도 당시의 당가주는 그렇게 물었을 것이다. 지금 독성의 말에 의하면 당시의 검존, 자운의 사부는 이렇게 말했다고 한다.

'전쟁이 끝난 지 얼마 되지 않았네. 그동안 황룡문의 힘이 너무 약해졌어. 이 신검을 지킬 수 있을지 의문이네. 그러니 당가가 보관해 주게.'

'이 친구야, 자네가 있지 않은가. 찔러도 죽지 않을 거 같고 끓는 독 속에 목욕을 하고 나와도 죽지 않을 것 같은 자네가 있는데 무슨 걱정이란 말인가.'

검존이 고개를 절레절레 흔들었다.

'아닐세. 나는 내 수명이 얼마 남지 않았다는 것을 알고 있네. 아마도 내가 죽으면 황룡문은 이걸 지킬 힘이 남지 않을 거야.'

'그래서 이걸 어쩌라는 말인가. 내가 가지고 있다가 후에 황룡문에 전해주면 되는 건가?'

'그것도 아닐세. 본 문의 제자들이 그렇게 나약한 놈들일 리가 없지 않은가? 직접 찾으러 올 때까지 기다리게.'

'당가에 이걸 직접 찾으러?'

검존이 고개를 끄덕이며 답했다.

'그렇지. 그 정도 기백은 있어야 황룡문의 제자라고 할 수 있지 않겠나? 언제가 될지는 모르지만 녀석들은 꼭 찾아올 걸세. 내 후인들이 아닌가.'

검존의 말에 당가주가 고개를 끄덕이며 술잔을 비워내었다.

'그렇군. 자네의 후인이지. 다른 사람도 아니고 자네의 후인이면.'

당가주가 입맛을 삼켰다.

'꽤 쓸 만하겠는걸?'

그의 말에 검존이 희희낙락 웃었다.

'왜? 사위라도 삼을 생각인가?'

'안 되면 손녀사위라도 삼아야겠지!'

독성에게서 들은 이야기를 다시 떠올린 자운이 한숨을 푸욱 내쉬었다.

그리고는 독성을 마주 본다. 사실 황룡신검이 당가에 있기는 하지만 당가와 혼약이 되어 있다는 증거가 없지 않은가?

자운이 아무렇게나 손을 휘두르며 몸을 늘어뜨렸다.

"배 째요."

"어허. 귀한 내 손녀사위 배를 째면 되나."

무려 이백 년이다. 지금의 독성과 당시의 당가주가 전혀 다른 사람이라고는 하지만, 독성은 자운을 놓아줄 생각이 없는 듯했다.

'일 검에 검기점혈로 본가의 식솔들을 모두 제압해? 이거 물건이로다.'

당묘기에게 들은 대로라면 눈앞에 있는 이놈은 정말 물건이다. 외모로 보아 이제 스물 중반 정도인데, 일신의 무력은 무림의 중견 고수보다 더했으면 더했지 못하지 않다.

이대로 쑥쑥 커나간다면?

십 년 후에는 절대고수?

이십 년쯤 후에는 천하제일고수가 될 것이다. 자운도 그런 독성의 눈빛을 보고 그의 속셈을 눈치챘다.

자운이 속으로 한탄했다.

'빌어먹을 꼬맹이야, 내 나이가 올해로 이백 하고도 몇 갠지 모르겠다.'

자운이 고개를 절레절레 흔든다.

"이봐, 당가 영감."

자운이 일부러 독성을 당가 영감이라고 불렀는데, 독성은 싱글벙글 웃으며 대꾸했다.

"왜 그러는가, 손녀사위?"

'이놈아, 손녀사위가 되면 네 버릇부터 고쳐 주마.'

물론 속으로는 벼르고 있었다.

"증거 있어?"

"허허허. 뭐가 있느냐고?"

자운이 황룡신검을 탁 등으로 걸쳐 메며 물었다.

"증거 있느냐고. 우리 사부, 아니, 검존께서 그런 약속을 했다는 증거 있냐고."

설마 증거가 있겠는가. 자운이 기억하는 자신의 사부는 절대로 그럴 사람이 아니었다.

하지만 독성의 입에서 나온 말은 예상과 달랐다.

"물론 있지. 여봐라, 그걸 가지고 와라."

독성이 사람을 시켜 내어오게 한 목함. 귀한 나무와 재료를 사용해서 만든 목함이라는 것은 보지 않아도 알 수 있다.

목함을 열자 안에는 붉은 비단이 자리하고 있었고, 그 붉은 비단 위에는 낡은 서신 하나가 놓여 있었다.

독성이 그것을 집어 자운에게로 넘겨주었다. 자운이 놀란 눈을 치켜뜨며 그것을 받아 들었다.

'젠장, 정말 증거가 남아 있다니…….'

펼쳐서 확인해 보니 분명 자운의 사부인 검존의 필체가 맞았다. 또한 황룡문의 문주임을 상징하는 낙인까지 찍혀 있지 않은가

이렇게 되면 빼도 박도 못한다.

자운의 눈에 갈등이 어렸다.

'이걸 태워 버려?'

그런 자운의 기색을 읽은 것일까. 독성이 자운을 향해 웃으며 말했다.

"거기에 불붙이면 사위는 오늘 독이라는 독은 다 퍼먹게 될 걸세. 당가의 절독은 종류가 많지. 죽을 만큼 고통스러운 것뿐만이 아니라 남자의 기능을 상실시키는 독도 있다네."

자운이 그를 향해 물었다.

"가지지 못할 바에는 부숴 버리겠다는 건가?"

독성이 만족스럽게 고개를 끄덕인다.

"물론. 내 손녀사위가 되지 못한다면 그 어느 놈에게도 줄 수 없지. 자네는 평생 남자가 아니게 될 걸세."

자운이 속으로 침을 삼켰다.

'빌어먹을 사부. 도대체 왜 이런 이상한 약속을 해서 날 괴롭게 하는 겁니까.'

괜히 하늘에 있는 사부도 원망해 보고, 눈앞에 있는 글도 다시 읽어본다.

'황룡문의 문주와 약혼'이라는 선명한 글자가 자운의 눈에 들어왔다.

'응? 문주?'

자운이 고개를 들어 독성을 바라보았다.

"왜 그러는가, 손녀사위?"

자운이 손을 흔들었다.

"아직 확실한 거 아니니까 한발 앞서 나가지 말고, 분명 약조를 한 건 황룡문의 문주라는 말이지."

독성이 고개를 끄덕였다.

"물론 그렇지. 현 황룡문의 문주 철혈황룡 천 문주."

그 말에 자운이 환하게 웃었다.

"미안한데, 나 문주 아닌데?"

독성의 얼굴이 무슨 말을 하냐는 듯 물어온다.

"나, 문주가 아니라 문주 대리라서."

독성의 얼굴이 대번에 딱딱하게 굳었다. 문주 대리라는 것은 문주의 역할을 하고는 있지만 엄밀하게 말하면 문주가 아니다.

"사실 문주로 눈여겨봐 둔 녀석이 있어. 지금 당가로 부르면 되겠네. 전서구 좀 빌려도 되겠지?"

자운이 보낸 전서구는 며칠 지나지 않아 황룡문에 도달했다. 허공에서 내려오는 전서구에게서 서신을 풀어낸 우천의 표정이 딱딱하게 굳었다. 서신의 내용을 확인한 것이다.

우천이 놀란 표정으로 대번에 운산에게로 달려간다.

"사형, 사형, 이것 좀 보세요."

운산이 태원삼객에게 무공 지도를 해주다 말고 우천이 달려오는 것을 발견했다.

그리고 그의 손에서 자운이 보낸 서신을 받아 들었다.

"무슨 일이기에 그렇게 소란을 피우는 거야?"

서신을 펼쳐 읽어 내려가는 운산의 표정 역시 딱딱하게 굳었다. 도대체 이 말이 안 되는 서신은 무엇이란 말인가?

약혼녀를 구해줬으니 지금 당장 사천당가로 오라고?

거기다가 이제부터 황룡문의 문주가 자운이 아닌 운산이라니, 이건 또 무슨 소리란 말인가.

우천과 운산이 동시에 머리를 싸잡았다.

만나볼 사람이 있다고 하면서 황룡문을 나갔을 때부터 의심을 했어야 한다.

둘이 고개를 푸욱 숙였다.

도대체 이건 또 무슨 일이기에 황룡문의 문주가 갑자기 바뀌며, 그리고 사천당가가 얽혀 있다는 말인가 우천과 운산 둘의 머릿속에는 지금 공통적인 생각이 자리 잡고 있었다.

 '도대체 무슨 사고를 또 친 겁니까. 대사형.'

 운산이 우천을 향해 말했다.

 "일단은 당가로 가보자."

第十章

젠장. 역시 구타는 집단이 제 맛인데

황룡난신

 운산과 우천이 당가에 당도하는 데는 오랜 시간이 걸리지 않았다. 말을 타고 걸음을 재촉했기 때문일까?
 오주야가 채 되기 전에 그들은 당가에 당도할 수 있었다. 운산과 우천이 가장 먼저 당가에 당도하여 들은 소리는 어처구니없는 소리라고밖에 할 수 없었다.
 "그러니까, 지금 황룡문의 문주와 당가의 금지옥엽이 약혼 관계라는 겁니까?"
 운산의 물음에 자운이 해맑게 웃으며 고개를 끄덕였다.
 "응."

그리고는 독성을 바라보며 말한다.

"분명히 말하지만, 전 이제 황룡문의 문주가 아닙니다. 황룡문의 음… 뭐하지?"

운산과 우천을 향해 물었으나 그들이 답해줄 리가 없다. 운산은 하늘을 바라보며 크게 한숨을 내쉬었고, 우천은 눈을 꼭 감고 있었다.

조고는 과연 이 사람을 믿어도 될지 마음속으로 저울질을 하는 모습이었다. 그러든지 말든지 자운이 자기 마음대로 자신의 직책을 정해 버렸다.

"난 이제 황룡문의 태상호법이니까 전혀 관계가 없다고 할 수 있지."

자기 마음대로 덥석 태상호법의 자리를 꿰어차 버렸다. 운산과 우천은 누구 마음대로 태상호법이냐고 소리를 버럭 지를 뻔했다.

하지만 여기는 독성의 앞이다. 참아야 한다.

운산이 관자놀이를 꾹꾹 누르며 자운에게 말했다.

"대사형, 문주 자리는 그렇게 쉽게 바꿀 수 있는 게 아닙니다."

설득하려 한 것이다.

자운이 고개를 끄덕이며 맞장구쳤다.

"응, 알아."

알아.

알아?

알면서 그랬다는 말인가?

알면서 그러는 게 지금 말이 되는 소리란 말인가!

"근데 난 원래 문주가 아니라 문주 대리였잖아. 잊은 거 아니지? 문주 대리가 문주한테 자리를 넘겨주는 건 당연한 일이지."

말을 마치며 자운이 고개를 끄덕였다.

"음음, 당연하고 지당한 일이지. 역시 사필귀정(事必歸正), 일은 순리대로 흘러가는 거라니까."

자운의 말을 듣고 있는 운산과 우천으로서는 어처구니가 없었다.

자운이 독성을 보며 말했다.

"이놈이 이래 봬도 벌써 검기지경에 오른 녀석입니다. 대단한 놈이지요."

독성이 마음에 차지 않는다는 눈으로 운산을 살펴보았다. 솔직히 저 나이에 검기지경이라고 하면 절대로 낮은 경지가 아니다.

오히려 무재, 혹은 뛰어난 무골이라고 해야 할 것이다. 한데 자운만큼은 아니다.

이십 중반의 외모에 가지고 있는 일신의 무공은 독성으로서도 다 읽을 수가 없다.

숨기고 있는 것이 분명한데, 얼마나 숨기고 있는지를 정확하게 짐작할 수 없는 것이다.

대충 짐작해 보건대 아마도 강기지경 이상.

스물의 나이에 강기지경이라니!

그게 말이나 되는 소리란 말인가. 어처구니가 없어도 독성은 자운의 수준을 그렇게 추측 할 수밖에 없었다.

강기지경, 명문 가문의 아이가 태어나자마자 벌모세수를 받고, 영약을 밥 대신 먹어도 이루기 힘든 경지가 강기지경이다.

본디 강기라는 것이 내공의 양이 많다고 무조건 오를 수 있는 것이 아니다. 그것을 적절하게 이용하고 집약할 수 있는 깨달음과 내공의 숙련이 이루어져야 하기 때문이다.

자운이 독성과 눈을 마주 봤다.

"마음에 안 드십니까."

"눈앞에 보이는 떡이 너무 크군."

자운이 고개를 절레절레 흔들었다.

"사실 못 먹는 떡은 원래 커 보이는 법이지요."

"으음."

독성이 못마땅하다는 눈으로 다시 운산을 위아래로 살폈다. 독성의 눈이 마음에 차지 않는다는 감정을 숨기지 않고 뿜어내자 자운이 이번에는 덥석 우천을 붙잡았다.
"그럼 이놈은 어떻습니까? 아직 검기지경에는 이르지 못했지만 기교만큼은 제 사형에게 뒤지지 않는 놈이지요."
독성의 시선이 우천에게로 향했다.
우천이 속으로 자운을 향해 소리쳤다.
'지금 이게 뭐하는 겁니까! 사제들을 팔아넘기는 겁니까!'
물론 속으로만 소리친 것이었다. 입 밖으로 꺼내놓을 용기는 없었다. 자운의 말에 독성이 우천과 운산을 번갈아가며 바라보았다.
'아무래도 작은 놈보다는 큰 놈이 강한 듯한데……'
자운이라는 놈은 두 놈을 모두 합친 것보다 배의 배는 강한 듯하니 쉬이 포기가 되지 않는다.
그 순간이었다.
거대한 폭음이 터진다.
콰앙—
무언가가 터져 나가는 소리가 당가의 후원까지 들려왔다. 이야기를 나누고 있던 독성과 자운이 깜짝 놀라 소리가 들린 곳으로 고개를 돌렸다.
"무슨 일이 터진 모양이군요."
자운의 미간이 보기 흉하게 모아졌다. 당가의 입구에서부터 전해지는 흉흉한 기운이 좋지 않다.

젠장. 역시 구타는 집단이 제 맛인데

자운이 느낀 기운을 독성이 느끼지 못할 리가 없다.

독성과 자운이 동시에 자리에서 벌떡 일어났다.

자리에서 일어나며 자운이 운산과 우천을 향해 소리쳤다.

"너희는 여기 있어라. 괜히 뛰어나갔다가 다치지 말고. 그러면 골 아프니까."

그리고는 몸을 휙 날린다. 독성은 자운보다 한발 빠르게 몸을 날렸다.

불길한 기운이 더욱 커진다. 독성의 걸음이 당가의 입구에 다다라갈 무렵, 누군가가 독성을 향해 헐레벌떡 뛰어왔다.

자운과 함께 당가에 온 당묘기였다.

당묘기가 독성을 알아보고는 크게 소리쳤다.

"태상가주님, 육적(六赤)이라 하는 이가 당가로 쳐들어와 태상가주를 찾으며 소란을 피우고 있습니다."

육적이라는 말에 자운의 미간이 꿈틀 움직였다.

"아는 자인가?"

독성의 물음에 자운이 고개를 끄덕인다.

"적성의 일곱 절대자 중 한 명입니다."

독성이 노기 어린 표정으로 당가의 입구를 노려보았다. 화산에서 있었던 일로, 적성이라는 존재는 천하에 알려지게 되었다. 반신반의하는 의견이 분분했으나, 많은 이들이 이백년 전 적성이라는 단체를 떠들고 다녔기 때문에 독성도 그들에 대해서는 잘 알고 있었다.

독성의 온몸에서 독기가 줄기줄기 뻗어 나간다.

독성이 자신의 분노를 숨기지 않고 드러내었다.

"이놈이, 여기가 어디라고 감히!"

그가 주먹을 움켜쥐는 순간, 자운이 쾅 하고 솟구쳤다.

그의 몸이 단번에 당가의 입구를 향해서 튀어나가고, 자운이 허리춤에서 황룡신검을 뽑았다.

황룡신검이 금색의 찬란한 광채를 뿌린다.

"그 약속, 저놈 죽여줄 테니 그냥 없는 걸로 하면 안 됩니까?"

독성의 대답을 듣지도 않은 자운이 그대로 튀어나갔다. 황금색 화살이 그대로 육적을 향해서 쇄도한다.

자운이 주먹을 뻗었다.

황금색 강기가 줄기줄기 넘쳐 흐르고, 그대로 자운의 주먹이 육적의 가슴과 충돌한다.

"뭐냐!"

자운이 갑자기 돌진해 오자 육적이 경호성과 함께 발을 뒤로 물렀다.

그의 몸이 단번에 뒤로 물러나고, 자운이 그를 쫓았다.

"너, 적성에서 나온 놈이지?"

황룡신검이 허공에서 연달아 일곱 번의 변화를 그린다. 변화가 하나하나 실체로 변해 육적을 노리고 날아들었다.

육적이 황금빛 강기를 알아보고 소리쳤다.

"황룡문!"

그가 자운의 모든 공세를 피해내었다. 하지만 자운의 공세는 쉬지 않고 이어진다. 검이 찢어지는 비명을 지르며 바람을 찢어발겼다.

그와 동시에 검에 새겨진 황룡이 꿈틀거리고, 자운의 발이 운해황룡을 좇았다.

구름이 일어나고, 황룡이 그 속에서 노닌다.

"정답이다."

팡—

쾅쾅—

자운의 검과 육적의 도가 연달아 충돌을 거듭했다. 오적이 사용하는 무기가 검이었다면, 육적이 사용하는 무기는 박도였다.

기형적으로 휘어진 박도가 자운의 공세를 밀어내고, 자운을 향해 단번에 날아들었다.

"네놈이 괴걸왕과 함께 붉은 별의 대계를 방해한 놈이구나."

자운이 히죽 웃었다.

"그러는 너란 새끼는 본 문을 말아먹으려 했던 놈들의 수

괴 중 하나지."

자운이 뒤로 물러서며 연달아 강기를 뿌렸다.

금빛 강기가 하늘을 가득 채우고, 자운의 검에 따라 하나씩 쏘아진다.

육적이 도를 움직였다. 도에서 줄기줄기 도강이 솟구치고, 도강이 자운의 검강과 충돌을 거듭했다.

쾅쾅쾅―

거친 폭음이 일고, 자운이 운해황룡의 보법으로 사방을 날았다.

단번에 모래먼지가 일며 자운의 몸이 그 속으로 숨어든다.

육적이 감각을 끌어올렸다. 단전에서 시작된 내공이 사지백해로 뻗어 나가며 충분히 감각을 상승시키고, 동시에 기감이 올라갔다.

보지 않아도 자운의 위치를 잡을 수 있다.

자운의 기척이 느껴진다.

"정면!"

자운이 정면에서 그대로 돌진했다. 저돌적인 육탄 돌진. 자운의 어깨가 육적의 가슴팍에 틀어박힌다.

육적이 시기적절하게 자운의 어깨와 자신의 가슴 사이에 좌수를 들이밀었다.

"크윽!"

하지만 모든 충격을 막아내기에는 역부족. 그가 신음을 흘리며 얼얼해진 손을 털었다.

"정면에서 오다니, 나도 얕보였나 보군."

자운이 웃었다.

"어. 무지 얕보였어."

눈을 흘깃 뒤로 하자 뒤따라온 독성의 모습이 눈에 들어온다.

"어떻습니까? 저 새끼로 이번 일을 마무리하는 게. 적성인지 나발인지가 황룡문을 밀어버리려고 해서 저도 저 새끼한테 빚이 있거든요."

독성이 자운의 말에 피식 웃었다.

웃었으나 그의 눈은 은은한 노기를 담아내고 있었다.

"그거야 자네 사정 아닌가. 본 가를 이렇게 만든 놈을 다른 사람의 손으로 제거한다면 얼마나 웃음거리가 되겠나?"

자운이 고개를 설레설레 흔들었다.

"협상이 안 되는 노인네. 그럼 이렇게 하도록 하죠."

독성이 팔을 걷어붙이며 자운의 옆에 내려섰다. 그의 손에 가득 독기가 모여든다. 스치기만 해도 일반인이라면 한 줌 독수로 녹아내려 버릴 정도의 독기. 과연 독성이다.

그의 다른 손에는 암기가 들렸다. 손가락 사이사이에 몇 개씩의 암기가 들리고, 당가 비전 암기술을 펼치기에 가장 적합

한 모습으로 변한다.
"어떻게 말인가?"
"같이 패죠."
그 말에 독성과 육적의 표정이 대번에 일그러졌다.
"같이 패자니? 허허, 재미있는 말을 하는구먼. 그러면 자네가 내건 조건이 사라지는 것쯤은 알고 있겠지?"
자운이 고개를 절레절레 흔들었다.
"같이 패자고 했지 누가 저놈을 나눠 먹자고 했습니까?"
"계속 말해보게."
"마지막으로 놈을 쳐서 죽이는 사람이 이기는 걸로 하지요."
독성이 웃음을 터뜨렸다.
"허허허허허허허, 그거 참, 재미있겠구먼."
독성이 육적을 바라본다. 육적의 표정은 보기 흉할 정도로 일그러져 있었다. 그는 적성에서도 절대자라는 칠적(七赤) 중 일인이다.
한데 저놈들은 자신을 두고 내기거리로 삼고 있는 것이다.
"들었나? 지금부터 우리가 자네를 같이 팰 걸세."
독성의 말에 화가 난 육적이 진각을 쾅 밟았다. 잘 정돈된 정원 바닥이 조각조각 터져 나간다.
바위 조각이 튀었다. 이미 당가의 다른 식솔들은 뒤로 대피

한 지 오래. 육적의 몸에서 붉은 기운이 솟구쳤다.

"그래 이놈들, 와라!! 한꺼번에 죽여주마."

사실 육적은 경지에 오른 고수인 만큼 정신이 그렇게 쉽게 무너지지는 않는다. 어설픈 격장지계에 넘어가지 않을 것이다.

설사 화가 난다고 해도 그 화를 밖으로 표해낼 정도의 바보가 아니었다.

하지만 자운은 사람 약 올리는 재주가 있었다. 그것도 격장지계에 있어서만큼은 천하제일이라 해도 좋을 정도의 재주였다.

그 재주 앞에 육적이 무너진 것이다.

"화가 난 것은 자네만이 아니네."

콰앙 하는 소리와 함께 독성의 신형이 사라졌다. 방금 전까지 독성이 서 있던 자리에는 발자국만이 남아 있을 뿐이다.

자운이 그 발자국을 보며 중얼거렸다.

"이런 이런, 성급하시기는."

혀를 차는 자운. 독성의 신형은 어느새 육적의 지근거리에 근접해 있었다.

그가 독을 재빠르게 뿌렸다.

독성이 왜 독성이라 불리게 되었는지 알게 해주는 독장이 그의 손에서 뿜어진다.

한순간, 모든 생물이 질식해 버릴 듯한 독이 그의 손에서 뿜어졌다.

오색의 독이 조화롭게 움직이며 오적을 향해 날아들었다.

"흥! 이까짓 것."

오적이 박도를 치켜들었다. 강력한 내력에 의해서 오적의 박도가 백열한다.

그러더니 곧 강한 열기를 뿜어내기 시작한다. 독과 불은 상극이다.

열기와 독 역시 상극이다.

오적이 박도를 내리그었다. 그만큼 독성의 독장이 뒤로 밀려난다. 하지만 독성은 괜히 독성이 아니었다.

독성이 내공을 가득 불어 넣은 암기를 던졌다.

암기가 독 속에서 소리도 없이 날아든다.

육적의 감각에 무언가 이질적인 것이 잡혔다. 매우 작고 세밀하여 별반 신경을 쓰지 않아도 될 것 같은데, 실제로 그렇게 하면 이것은 육적의 목숨을 앗아갈 것이다.

육적은 그것을 잘 알고 있었다.

육적이 몸을 뒤틀었다. 그의 허리가 있던 자리로 독성의 암기가 지나갔다.

"당할 줄 아느냐!"

독성이 소리쳤다.

"좀 당해주면 안 되냐!"

독성이나 육적이나 둘 다 정파의 절대자치고는 어울리지 않는 말투. 그것은 타고난 성격이기 때문에 아무리 무공을 닦고 정양을 한다고 해도 쉬이 고쳐지는 것이 아니었다.

육적이 피한 자리로 자운이 날아들었다.

자운의 몸이 비상한다 싶더니 어느 순간 검과 하나가 되어 육적을 내리그었다.

화끈한 감각이 정수리 위쪽에서 느껴지자 그가 박도를 들며 장을 쳐냈다.

들어 올린 박도로는 자운의 검을 막는다.

땅―

불똥이 튀었다.

쏘아 보낸 장력은 독성의 장력을 밀어내었다. 장력과 장력이 충돌하고, 검과 검이 충돌한다.

그제야 육적은 아뿔싸 했다.

쉽게 생각했는데, 이 철혈황룡이라는 애송이 역시 독성에 못지않은 실력자가 아닌가.

그런 실력자 둘에게 에워싸인 것이다.

격장지계에 속아 자운의 실력을 냉철하게 판단하지 못했다.

그가 분기탱천하여 자운을 향해 소리쳤다.

"이놈, 날 속였구나."

자운이 검을 맞닿은 채로 한 손으로 염룡교를 뿌리며 이죽거렸다.

"그럼. 어차피 우리는 적이었잖아."

육적이 소리쳤다.

"그렇지! 우린 적이지! 그래서 넌 죽어야 한다! 넌 죽어야 해!"

그가 자운의 검을 힘으로 밀어내었다. 그리고 염룡교를 향해 검을 휘둘렀다. 수공과 검공이 부딪치면 수공을 쓴 이가 전문적으로 권각술을 익히지 않은 이상은 십의 팔구는 패한다.

자운 역시 그 사실을 알고 있었다.

자운이 대번에 손을 빼며 뒤로 물러났다.

그 사이로 독성이 날아들었다.

"죽기는 자네가 죽어야지. 왜 내 손녀사위를 죽이려 하나."

"아직 아니니까 확정하지 마시죠."

"곧 그렇게 될걸세."

독성의 신형이 허공을 질주한다.

그의 양 어깨에서는 강력한 독 기운이 솟구치고 있었다. 어마어마한 독 기운을 날개라도 된 양 달고 날아오는 독성의 모습은 공포스럽기 그지없었다.

자운은 어느새 육적의 뒤로 돌아가 있다.

어느 것 하나 쉬운 일이 없다.

그냥 다 죽여 버리고 싶은데, 이 둘의 실력이 육적에 비해 부족하지 않다.

그러니 이렇게 시간만 가고 있다.

"크아아악!"

육적이 괴성을 지르며 자운을 향해 돌진했다. 독기를 온몸에 두르고 있는 독성보다는 자운이 안전할 것이라 생각한 것이다.

자운이 그를 보고 웃었다.

그리고 마주 돌진한다.

육탄과 육탄, 저돌적인 돌진과 충돌. 한순간 모든 소리가 멎었다.

소리가 멎고, 폭음이 멎었다. 둘의 충돌이 있고, 잠시의 시간이 흐른 후 폭음이 터졌다.

콰앙—

사방이 먼지에 휩싸이고, 반경 오 장의 땅이 뒤집어지며 구덩이가 파였다.

그 속에 육적와 자운이 어깨를 맞댄 채로 서 있었다.

"너, 뒤 조심해라."

자운이 어깨를 맞댄 채로 육적에게 말했다. 육적의 뒤에서는 독을 온몸으로 뿜어내는 독성이 달려들고 있었다.

"빌어먹을."

육적이 욕지기를 뱉었다. 방금 전의 충돌로 적지 않은 내상을 입었다.

내상을 입은 것은 자운도 마찬가지일 것이나 뒤에는 독성이 있다.

이대로 있다가는 공격을 적중당할 것이다. 육적이 빠르게 눈을 굴렸다.

자운이 육적이 눈 굴리는 것을 알아보았다.

"도망가려고?"

자운이 손을 뻗는다. 어깨를 맞닿은 채로 육적의 몸을 움켜쥐려는 것이다.

육적이 빠르게 박도를 움직였다. 도강이 묻어나는 박도와 수강이 한 자 길이로 뻗어난 자운의 손이 충돌했다.

쩌엉— 쩌엉—

그 사이를 놓치지 않고 독성이 날아들었다.

독성의 손바닥이 정확하게 육적의 등판을 후려친다.

육적이 비명을 지르며 펄쩍 뛰었다.

"으아아아아아아악!"

독성이 뿜어내는 독기는 평범한 것이 아니다. 그동안 그가 쌓아온 독의 정수 일부분인 것이다.

전설 속에 나오는 절독에 비견될 바는 아니지만, 현존하는 그 어느 독에 비교해도 뒤지지 않는 것이 독성의 독기다.

그런 독기가 육적의 온몸으로 파고들었다. 독기가 퍼져 나가 단전과 심장으로 향하고, 그것을 막기 위해 육적의 내공이 거꾸로 돌았다.

"크아아아악!"

그의 눈이 뒤집어지고, 실핏줄이 터져 나갔다

육적이 익히고 있는 무공, 그것은 광혈신공(狂血神功)이라는 것으로 죽음을 직감한 순간 온몸의 피가 거꾸로 돌며 한순간이나마 파천(破天)의 기운을 사용할 수 있게 해주는 것이었다.

지금 파천기(破天氣)가 육적의 몸을 타고 돌았다.

육적이 괴로움에 몸부림치며 손을 뻗었다.

그 움직임이 심상치 않은 것을 느낀 자운이 뒤로 물러났다.

하지만 독성은 그의 몸속으로 독기를 밀어 넣고 있던 중이라 미처 피하지 못하고 일격을 허용했다.

"커헉!"

독성이 피를 토하며 뒤로 날아가 처박혔다. 당가의 유서 깊은 건물 중 하나가 그대로 와르르 무너진다.

누군가가 독성을 목 놓아 불렀다.

"태상가주!"

이마도 당가의 식솔일 것이다. 하지만 자운은 독성을 걱정할 겨를이 없었다.

육적이 그대로 공간을 젖히고 들어온 것이다.

광혈신공이 마지막 몸부림을 치는 이상 육적은 이적과 비교해도 쉬이 밀리지 않는다.

일적에 비교하면 조금은 부족할지도 모른다. 하지만 이적은 육적에게 쉬이 승리를 장담하지 못할 것이다.

"캬아아아악!"

그가 비명인지 괴성인지 알 수 없는 소리를 지르며 자운을 향해 박도를 던졌다.

쐐애액—

박도가 상상할 수 없을 정도로 강력한 기운을 뿌리며 자운을 향해 날아든다.

자운이 황룡신검을 휘둘러 박도를 쳐냈다.

따앙 하는 소리와 함께 박도가 빗겨 나가고, 자운을 지나쳐 간 박도는 그대로 당가의 담벼락에 처박혔다.

콰앙—

그 힘을 이겨내지 못한 담벼락이 그대로 무너지고, 자운은 얼얼한 손을 내려다보았다.

빗겨내었는데 손이 얼얼하다. 아까는 둘이서 쳐서 가볍게 이겼지만 지금 독성은 혼절해 있을 것이다.
 그리고 놈은 더 강해졌다.
 더 강해진 놈을 자운 혼자서 상대해야 하는 것이다.
 자운이 쓰게 미소 지었다.
 "젠장. 역시 구타는 집단이 제 맛인데."
 아쉬움이 묻어나는 미소였다.

第十章

네 내공이 많은지 내 내공이 많은지 해보자

황룡난신

자운과 육적이 연달아 충돌했다.

번쩍번쩍 번개가 튀며 육적의 몸이 주르륵 밀려났다. 뒤로 날아간 육적이 신음을 흘리면서 튀어나온다.

그 모습을 보며 자운이 징글징글하다는 듯 소리쳤다.

"이 미친놈아, 왜 넌 때려도 때려도 죽지를 않냐!"

자운의 마음을 아는지 모르는지 광인이 되어 폭주하기 시작한 육적이 괴성을 터뜨렸다.

"크아아아아!"

"나는 으아아아아다! 이 새끼야!"

자운이 발을 길게 뻗었다.

단전에서 시작된 기운이 넘실거리며 단전을 타고 흘렀다.

그리고 발로 뻗어 나가 황금빛 유성의 궤적을 그린다.

자운의 몸이 길어진다 싶을 정도로 빠른 속도로 날아가고, 그대로 발이 육적의 가슴팍에 처박혔다.

쾅 하는 소리와 함께 육적이 뒤로 밀려나고, 자운의 몸이 실 끊어진 추처럼 휠휠 날았다.

자운이 공중에서 몸을 뒤집었다.

그리고는 낙법을 사용하여 사뿐하게 바닥에 내려선다. 그에 비해 광인이 되어버린 육적은 낙법이고 나발이고 없었다. 그대로 날아가 처박히며 담벼락을 박살 내어버린다.

자운이 얼얼한 자신의 발을 한번 주무르고는 독성을 바라보았다. 아직까지 혼절해 있는 것이 충격이 적지 않은 듯했다.

확실히 그런 것이 검을 들어 막아도 얼얼할 정도의 반탄력이 전해져 온다. 어떻게 되어먹은 것인지 미쳐도 단단히 미친 것이 틀림없다.

미친놈이 왜 강해지는지는 정확하게 모르겠지만, 어쨌든 놈은 미친놈이 되면서 강해졌다.

그것도 이전에 비해서 족히 배는 강해진 것이다. 독성의 도움이 없으면 자운 혼자서 쉽게 제압하기는 힘들 것이다.

제압한다 해도 아마도 당가가 개판이 되어버릴 가능성이 높았다.

지금만 해도 충분히 개판이 되기 직전이 아닌가.

"빌어먹을."

자운이 욕지기를 뱉으며 정면을 노려보았다.

육적이 다시 몸을 일으키고 있다. 그렇게 강하게 처박혔는데, 가슴이 함몰될 정도의 타격을 입었는데 고통도 느끼지 않는 모양이다.

'고통을 느끼지 않는 건지, 그렇지 않으면 애초에 몸이 상하는 걸 신경 쓰지 않는 건지.'

어느 쪽이든 문제였다.

자운이 입맛을 다시고 검을 들었다.

아무래도 저걸 처리하려면 검을 썰어버리는 수밖에 없을 듯하다.

"크르르르!"

놈이 자운을 향해서 강한 적개심을 표출했다. 놈의 손을 가득 덮을 정도의 강기가 줄기줄기 피어오르고, 눈은 미친놈답게 광기를 표출해 내었다.

자운이 놈의 눈을 노려보았다.

"쑤셔 버리기 전에 깔아라."

자운 역시 낮게 으르렁거려 보지만 통할 리가 없다. 놈은 사람의 말을 전혀 알아듣지 못한다.

놈이 다시 돌진해 왔다.

좌우를 번갈아 가면서 치고 나오는 돌진. 자운이 한숨을 내쉬었다.

"빌어먹을."

저 새끼 다리를 잘라 버리든 팔을 잘라 버리든 해야 할 것이다.

안 그러면 입을 닥칠 리가 없다.

자운이 침을 뱉어 입안에 고인 피를 토해내었다. 그리고 검을 곧추세우고 놈과 마주쳐 갔다.

정면충돌은 아무래도 자운이 불리하다.

저놈은 몸을 아끼지 않지만 자운은 달랐다.

'내 몸은 소중하니까.'

그래서 정면충돌은 싫다. 자운이 운해황룡을 펼쳤다.

자욱한 구름을 가득 채워둔 그 상태 그대로 자운이 뒤로 빠지며 강기를 날렸다.

황금색 강기가 반월 형태로 주르륵 뿜어진다.

열 겹이 넘어서는 강기가 자운의 검끝에서 폭사되고, 강기는 하나의 형상을 이루었다.

황룡(黃龍).

검에서 솟구친 황룡이 크게 울부짖는다.

콰우우우—

"이거나 처먹어라."

탄검황룡(彈劍黃龍)

자운이 그대로 검을 내리그었다. 황룡이 아가리를 벌리고, 그대로 돌진해서 육적을 씹어버린다.

육적의 몸통이 강기에 난자된다 싶은 순간, 그의 몸이 붉은 빛에 휩싸였다.

자운이 그 모습을 보고 침을 뱉었다.

"젠장."

썰어버리려고 하는데 온몸을 호신강기로 덮어 그걸 막아내었다. 자운이 욕을 뱉으면서도 단번에 질주했다.

"이것도 먹어봐, 그럼."

자운의 몸이 회전하고, 회전력을 얻은 검이 하단에서부터 원을 그리며 상단까지 치고 올라갔다.

마치 잠룡이 승천하는 듯한 모습, 혹은 천룡이 비상하는 듯한 모습. 올라간 검이 그대로 직선 베기로 바뀌며 직도황룡을 그어내린다.

놈의 손에서 공수탈백인이 펼쳐졌다. 자운의 검을 뺏을 수는 없지만, 공수탈백인을 이용하여 한순간이나마 자운의 검의 궤적을 바꿀 수는 있다.

자운의 몸이 휘청하며 방향이 바뀌었다.

네 내공이 많은지 내 내공이 많은지 해보자

그 틈을 노리지 않고 놈이 날아들었다.

자운의 허리에 놈의 주먹이 그대로 처박히고, 자운이 악을 쓰며 허리를 틀었다.

"으아아아악!"

고통에서 나오는 비명이 아니라 맞지 않기 위한 생존을 외치는 비명. 자운의 허리가 기기묘묘한 각도로 꺾어지며 충격을 흘려내었다.

하지만 그로서도 모든 충격을 흘려보낼 수는 없다.

자운이 바닥에 처박히며 신음을 흘렸다.

"으으으으으. 더럽게 아프네. 저 영감은 저걸 맞고도 죽지 않았다는 말이야?"

고작 혼절이라고?

아파 죽을 거 같은데?

빗겨내었는데도 죽을 만큼 아픈 걸 맞고도 안 죽었다니, 새삼 독성이 대단해 보인다.

자운이 허리를 움켜쥐었다.

"아야야야야!"

그의 옷은 이미 터져 나가 있고, 몸은 피칠갑이다. 놈과 치고받는 동안 입은 크고 작은 상처가 전신 곳곳에 퍼져 있다.

피가 왈칵 올라왔다.

자운이 그것을 참지 않고 뱉어내었다.

"웨엑!"

주르륵

입에서 피가 흘러내린다.

"아, 아까워라. 넌 오늘 내가 흘린 피보다 더 많이 흘릴 생각하고 덤벼라."

자운이 알아듣지도 못하는 미친놈을 도발했다. 의식적으로 도발한 것이 아니다. 그냥 습관적으로 도발했을 뿐.

자운이 놈을 향해 손가락을 겨누어 까닥였다.

까닥이며 놈을 향해 천천히 걸어간다.

자운이 다가오자 육적이 울음소리를 낮게 흘리며 자운을 경계했다.

일정 거리까지 다가간 자운.

더 이상은 다가가지 않고 천천히 주변을 돈다.

자운과 육적이 얼마나 서로를 노려보았을까?

둘의 몸이 동시에 튀어나왔다.

쾅―

연달아 폭음이 울리며 주먹과 칼이 충돌했다.

쩌엉―

쩌엉― 쩌엉―

이것은 피륙으로 이루어진 인간의 주먹과 검이 충돌하는 소리가 아니다.

네 내공이 많은지 내 내공이 많은지 해보자

철과 철이 충돌하는 소리였다.

엄청난 소리가 퍼져 나가고, 내공이 약한 이들은 귀를 잡고 그 자리에서 쓰러졌다.

소리를 타고 나가는 내공이 절대로 적은 양이 아니었기 때문이다.

그것을 아는 것인지 모르는 것인지 자운과 육적은 계속해서 충돌을 거듭했다.

자운이 진각을 밟았다.

쾅—

땅이 한순간 출렁 움직이고, 육적의 몸이 휘청했다. 그 순간을 놓치지 않고 자운의 몸이 날아올랐다.

휙휙휙— 허공에서 강기의 비를 뿌리는가?

자운의 검에서 시작된 황금빛 강기가 천지사방을 휩쓸며 떨어져 내렸다.

콰과과과광—

땅이 뒤집어지고, 바위가 튀어 오른다.

강기의 비가 어느 하나 뺄 것 없이 육적의 온몸을 난자했다.

피가 튄다.

하지만 놈은 놀랍게도 강기의 비 사이에서도 멀쩡했다.

온몸에 휘감은 기운, 호신강기가 자운의 강기로부터 몸을 보호해 준 것이다.

하지만 호신강기라 하더라도 수많은 강기를 모두 막아낼 수는 없다.

놈의 팔이 이리저리 찢어지고, 몸에도 수 개의 검상이 자리하고 있다.

지혈도 되지 않은 상처에서 피가 주르륵 흘러내린다.

자운이 거친 호흡을 몰아쉬며 바닥에 내려섰다.

놈도 지금 정상은 아니다. 그냥 개념이 없어서 자기 몸이 정상인 것을 모를 뿐 조금만 더 때리면 죽거나 고장 나거나 둘 중 하나는 될 것이다.

"크르르르르르르!"

"개냐? 왜 짖는 소리를 내냐?"

놈의 가슴팍도 방금 전 자운이 내지른 검초로 인해 난장판이 되어 있다. 내장과 갈비뼈가 보이는 것이, 지금 당장 내장을 쏟아내며 나 죽는다 하고 외쳐도 하등 이상할 것이 없는 모양새였다.

"근데 왜 안 죽느냐고."

자운의 몸이 그대로 질주했다. 운해황룡이 아니다.

질주만을 위한 보법.

광룡폭로(狂龍爆路).

자운의 검에서 황금색 기운이 줄기줄기 흐르고, 자운의 눈

에서 붉은 기운이 줄기줄기 흘렀다

후두둑―

그가 지나간 자리에 피가 떨어져 내려 길이 생기고, 자운이 저돌적으로 돌진했다.

"크와아아아아!"

자운이 돌진해 오는 것을 보고 육적 역시 미친 듯이 돌진해 왔다.

이성을 잃고, 신체의 안위를 도외시하고 돌진하는 육탄은 무섭기 그지없다.

둘이 섬전과 같은 속도로 달려 나가고, 충돌하려는 찰나 자운이 몸을 틀었다.

슬쩍 육적의 허리를 빗겨 지나가는 것, 자운의 검이 육적의 허리를 베고, 육적이 주먹을 뻗어 자운의 어깨를 후려쳤다.

콰앙―

서 있던 자리에 움푹 구덩이가 파이며 자운이 그 자리에 처박혔다.

허리가 후들거린다. 왼쪽 어깨가 그 자리에서 작살이라도 난 것인지 팔이 올라가지 않는다.

"으아아아아악!"

'이거 치료하려면 아파 죽겠네.'

육적은 베여 나간 허리로 핏물과 내장을 왈칵왈칵 쏟아내면서도 자운을 향해 거친 숨을 내쉬었다.
 독성은 아직 일어날 기미가 보이지 않으니 아무래도 자운 혼자서 처리를 해야 할 듯하다.
 자운이 움직이는 오른손으로 검을 꾸욱 움켜쥐었다.
 그리고는 몸을 일으키며 거친 호흡을 몰아쉬고 있는 육적을 향해 이죽거렸다.
 "그래, 우리 한번 끝까지 가보자."
 끝이 어딘지는 모르겠지만 둘 중 하나가 죽거나 둘 다 죽기다.
 "크르르르."
 "근데 난 못 죽어."
 아직 대사형이랑 노인네에게 한 맹세를 이루지 못했으니까, 황룡문을 천하제일문파로 만들지 못했으니까. 지금 죽으면 사부를 뵐 낯이 없다. 자운이 천천히 고개를 들어 호흡을 몰아쉬며 그를 노려보았다.
 "그러니까 네가 먼저 죽어."
 자운이 놈에게로 돌진했다. 그의 검이 이리저리 움직이며 검영을 그린다.
 콰과과과!
 세찬 검영이 허공을 가르고, 강기가 뿜어졌다.
 육적의 몸 전체가 붉게 물들었다.

호신강기.

강기를 온몸에 두르고 돌진해 올 작정인 모양이다.

자운 역시 봐줄 생각은 없다. 그 역시 호신강기를 끌어올렸다.

자운의 몸 위로 황룡이 내려서는가?

황금색 호신강기가 자운의 몸 위로 쏟아져 내렸다.

붉은 선과 금빛 선이 땅 위로 그려지고, 둘이 충돌했다.

콰앙—

사방으로 모래먼지가 일어나고, 한 치 앞이 분간되지 않는 그 속에서 계속해서 충돌하는 소리가 들린다.

쾅—

쾅—

쾅쾅쾅—

자운의 몸이 주르륵 밀려나기도 하고, 육적의 몸이 주르륵 밀려나기도 한다.

사천당가의 대지가 뒤집어진다. 초월한 자들의 싸움, 감히 다른 이들은 끼어들 수 없다.

운산과 우천이 침을 꿀꺽 삼켰다.

"이게 바로 대사형의 무공."

우천이 중얼거렸다. 이토록 대단했다니.

자운이 고수라고 생각은 했지만, 곁에 있으면서도 이 정도의 고수인지는 알지 못했다.

아니, 알지 못한 것뿐만이 아니다.

상상하지도 못했다. 그들의 가슴이 두근거리기 시작했다.

이것이 황룡문의 무공이다.

지금 저렇게 절대의 무공들을 줄기줄기 뿜어내는 이가 그들의 대사형이고, 또한 황룡문의 무공이다.

자신감이 그들의 가슴에서 솟구쳤다.

그리고 우천은 왜 자운이 이백 년은 이르다고 했는지 알 수 있었다.

지금 자운이 보이고 있는 경지는 우천에게는 그야말로 까마득한 경지가 아닌가.

바라보는 것만으로도 숨이 턱턱 막히고 가슴이 떨려서 서 있을 수가 없다.

운산과 우천이 넋을 놓고 자운을 바라보았다.

자운의 손에서 황룡문의 절기가 또다시 펼쳐졌다.

두 손으로 펼치는 온전한 염룡교(炎龍巧).

후끈한 열기가 자운의 주먹에 휘감기고, 자운의 주먹이 그대로 화인(火印)을 내리찍었다.

육적이 광인이 된 와중에도 두 팔을 교차했다.

쌍장을 교차하여 뿌림과 동시에 화인을 막은 것이다. 염룡교가 놈의 팔을 지지고, 놈의 쌍장이 자운의 왼쪽 어깨와 다시 충돌했다.

"크라라라라라!"

"아악! 아파! 이 개자식!"

둘은 누가 뭐라고 할 것 없이 동시에 뒤로 물러서며 비명을 질렀다.

엄청난 고통이다.

비명을 지르면서도 자운은 공방의 전환을 그치지 않았다. 한순간만 이것을 멈춰도, 한순간이라도 이것이 어긋난다면 그 자리에서 목숨을 잃는 것은 자운일 것이다.

팽팽하게 근육을 당겨오는 긴장감이 그 사실을 알려주었다.

놈의 주먹이 자운의 머리를 빗겨 지나갔다. 서늘한 감각과 함께 짜릿한 공포감이 뇌리로 들어와 척추를 타고 온몸으로 뻗어 나간다.

온몸에 소름이 돋을 만큼 위험하다.

그래서 긴장을 늦출 수 없다.

넘쳐나던 자운의 내공도, 어느새인가 반절이나 소비해 버린 지 오래였다.

이놈은 몸의 상처를 도외시하며 달려들지만, 자운은 공방을 동시에 해야 했기 때문에 육적에 비해서 내공 소모가 극심했던 것이다.

하지만 그래도 괴물 같은 것이, 고작 절반밖에 소비하지 않았다는 것이다.

둘의 싸움으로 사천당가의 사분지 일이 초토화되었다. 그런 전투를 계속 벌이고 있으면서도 내공이 절반이나 남아 있다.

다른 무림인들이 이 사실을 알게 된다면 경악을 금치 못할 것이다.

자운이 검을 뽑았다.

직도황룡으로 내리긋는 수법. 일곱 번의 변화가 육적을 베고 지나갔다.

하지만 잔영. 육적은 이형환위의 수법으로 몸을 틀어 자운의 공격을 피해내었다. 놈은 광인이 된 와중에도 온갖 무리를 사용한다.

자운이 궁신탄영의 수법으로 놈을 쫓았다.

자운의 몸이 빠르게 사라지며, 그의 손이 허공에 기기묘묘한 그림을 그렸다.

마치 화공이 붓으로 아무렇게나 선을 긋는 듯한 모습. 하지만 어느 순간 무질서가 질서를 이루었다.

휘리릭—

손에 바람이 휘감기고, 용이 부리는 바람이 자운의 손에서 쏘아졌다.

"키아아아악!"

놈이 비명을 지르며 자운의 바람을 손으로 움켜쥐었다. 육적의 손 가죽이 바람에 찢겨 나가고 피가 흐른다.

자운이 이번에는 검으로 뇌전과 같은 베기를 뿌렸다.

꾸르릉—

그의 내력이 불똥을 튀게 하고, 바닥을 움푹 파이게 만들었다.

바닥이 파인 곳은 방금 전까지 육적이 서 있던 자리. 육적이 다시 몸을 틀어 자운의 공격을 피해낸 것이다.

자운이 욕을 뱉었다.

"제발 좀 처맞아라!"

하지만 그런다고 맞아줄 리 없다.

자운도 답답한 마음에 소리친 것이지 정말로 맞아줄 것이라 생각하고 외친 것은 아니었다.

놈이 주먹을 들었다.

손아귀가 찢겨 나갔는데 고통을 느끼지도 못하는 것인지 주먹을 아주 꽈악 쥐고 있다.

주먹 가득 붉은 기운이 모이고, 그것이 허공을 후려쳤다.

허공의 공기가 밀린다.

밀려난 공기 사이로 권강이 쏘아졌다.

마치 쏘아진 포탄과 같다. 저걸 그대로 한 대 맞으면 지금 혼절해 있는 독성처럼 뼈도 추리지 못할 것이다.

"흐읍."

지운이 호흡을 크게 들이쉬었다.

들이쉰 호흡이 폐부로 들어가 사지로 내공과 함께 뻗어 나간다.

자운의 걸음이 움직이고, 허리가 뒤틀어지며 포탄과 같은 권강을 흘렸다.

권강은 그대로 날아가 또 하나의 당가 건물을 무너뜨렸다.

여기까지가 반의 반 호흡. 자운이 남은 호흡을 계속 끌어당긴다.

몸을 이루고 있는 근육 곳곳으로 호흡이 뻗어 나가고, 그 호흡을 타고 내공이 돌았다.

그런 자운을 향해서 육적이 미친 듯이 권강을 쏘아 보낸다.

자운이 이를 악물고 지룡천보행을 펼쳤다.

극의에 다른 지룡천보행은 어느 수준까지 타인의 힘을 통제해 자신의 지배하에 둔다.

자운의 발이 바쁘게 변화를 그리고, 그 사이로 권강이 모여들었다.

모두를 담아내는 것은 무리다. 하지만 한순간 권강들 사이에 틈을 만들기에는 충분했다.

자운이 모인 권강들을 흩어버렸다.

그리고 생겨난 틈으로 몸을 질주시킨다.

여기까지가 반 호흡.

이제 반 호흡이 남았다. 자운이 검을 들었다.

단전에서 시작된 내력이 검을 타고 흘렀다. 바람이 휘감기고 검강의 불꽃이 검 위에서 줄기줄기 타오른다.

황룡 문양이 빛을 발하는가?

한순간, 자운의 손에 들린 황룡신검이 빛을 발하며 거대한 황룡의 형상으로 화했다.

그것은 의형강기(義形罡氣)였다.

그것도 완벽한 용의 형상을 이룬 의형강기, 용이 하늘을 향해서 포효했다.

크라라라―

그리고 자운이 검을 내리긋는 순간, 대지를 질주하며 주변의 공기를 산산이 찢어발긴다. 자운이 남은 반 호흡의 힘을 모두 실었다.

크라라라라―

육적의 앞에까지 도달하는 순간은 그야말로 찰나에 불과했다.

그 찰나의 순간에 육적이 강기를 끌어 모았다. 자운의 공격을 정면에서 막아내려는 것이다.

육적의 몸이 지금까지와는 차원이 다른 붉은 빛에 휘감기었다.

여태까지의 족히 배는 넘을 듯한 호신강기. 호신강기를 휘 감은 그기 황룡을 향해서 달려오고 황룡과 정면으로 충돌했다.

쾅—

환한 빛이 모두의 눈을 한순간 멀게 했다.

이윽고 시력이 돌아오고, 모두의 눈에 숨을 헐떡이는 자운과 적성의 모습이 들어온다.

"허억! 허억! 젠장! 저거 완전무결하게 미친놈이네. 너, 미친놈 인정이다, 인정. 허억허억!"

"크르르, 크르, 크르르르."

자운이 덜덜 떨리는 팔을 들었다.

이제는 잘 움직이지도 않는다.

언제 무너져도 이상할 것이 없는 자운의 몸이었다.

"하아! 하아! 아까도 말했다시피 나는 못 죽어주겠다."

내력을 확인해 보니 절반 조금 모자라게 남아 있다. 이 정도만 해도 엄청난 고수 소리를 들을 정도의 내공. 자운 스스로도 궁금하다. 도대체 이 내공의 끝이 어디인지 말이다.

지금 이렇게 되면 가장 쉬운 방법이 있다.

저 미친놈을 내공으로 짓눌러 버리는 것. 지금 자운과 내력 싸움을 해서 이길 만한 고수는 당금 무림에 단 하나도 없을 것이다.

내력만큼은 천하에서 첫 손가락에 꼽을 만한 양. 하지만 문제가 있었다.

"저 미친놈이 내력 대결을 해주냐는 건데……."

어쩔 수 없다.

내력 대결을 할 수밖에 없도록 만들어야 한다.

그러면 된다.

자운이 침을 꿀꺽 삼키며 단전을 자극했다. 심장 뛰는 소리와 같은 소리가 단전에서 들리며 뛰기 시작한다.

두근―

자운의 단전에서 세찬 기파가 뿜어져 나온다.

몸은 지쳤지만 도대체 내력은 아직도 얼마나 남은 것인지 가늠이 되지 않았다. 자운이 검을 뻗었다.

놈도 주먹을 뻗었다.

자운이 내공을 검끝에 집중시키고, 자운의 검과 육적의 주먹이 충돌했다.

소음은 없었다.

폭발도 없었다.

충돌하는 순간, 자운이 슬쩍 검을 뺐다.

그러니 폭음이 울릴 리가 없다. 검을 슬쩍 뺀 후에 다시 육적의 주먹에 검을 가져 갔다.

둘이 닿는 순간 자운의 몸에서 노도와 같이 내공이 솟구치고, 솟구친 내공은 육적의 몸속으로 흘러들어 간다.

"네 내공이 많은지 내 내공이 많은지 해보자."

자운의 내공은 끝이 없었다.

대해가 저토록 넓을 것인가?

저토록 깊을 것인가?

비할 바 없는 자운의 내력이 폭포수처럼 육적의 몸속으로 쏟아진다.

육적은 변변찮은 반항 한번 해보지 못하고 자운의 내공을 그대로 받아들이는 수밖에 없었다.

'내가 이긴다.'

자운의 눈에 희망이 감돌았다. 어느새 일어난 독성이 자운과 육적을 바라보고 있었다. 지금이라면 육적을 단번에 쳐 죽일 수 있지만, 그렇게 되면 내력 대결을 하고 있는 자운이 위험해진다.

그렇기에 독성은 둘이 하는 양을 계속해서 바라보고만 있었다.

"크르르르르르르."

육적의 입가로 피거품이 흘러나온다. 그의 몸속이 내부에서부터 부서지는 소리가 들려오기 시작한다.

우직—

우직우직—

자운의 귀에만 들리는 소리였고, 자운이 승리를 확신하는 소리였다. 얼마나 내공을 쏟아 부었을까, 육적의 내력이 전혀 느껴지지 않는다.

이미 놈은 속에서부터 무너졌다. 그 순간, 자운의 몸속에 있는 알이 움직였다.

내단인지 알인지 알 수 없는 것이 깨지기 시작했다. 자운의 엄청나던 내력이 바닥을 보이기 시작한 시점이었다.

자운의 내력이 거대하다고는 하지만, 큰 기술을 셀 수 없이 연속으로 펼친 후에 내력 대결까지 했다.

사람의 내공이 유한한 이상 끝을 보이게 마련. 그의 내력이 바닥을 드러내는 순간, 알이 쩌적 하는 소리를 내며 갈라졌다.

우우우우―

용음(龍音)인가?

용 우는 소리와 비슷한 소리가 자운의 몸속에서 울리기 시작한다.

그리고 마침내,

알이 모두 깨지고 나온 것은 한 마리의 황룡이었다. 다른 이들은 느끼지 못하겠지만, 자운은 자신의 단전 속에서 일어나는 변화를 확실하게 느끼고 있었다.

그것을 느낀 자운이 미소를 지었다.

'역시!'

생각했던 바가 맞았다.

이것은 내단이 아니다.

알이다.

그것도 용의 알이라 불우는 여의옥(如意玉)이다.

자운이 승리에 찬 미소를 지으며 황룡을 움직였다.

알에서 깨어난 황룡이 꿈틀거리기 시작한다.

그의 단전에서 황룡이 움직이고, 황룡의 힘이 자운의 사지백해를 타고 뻗어 나갔다.

사지백해를 주천한 용은 자운의 팔을 타고 육적의 몸속을 파고든다. 그리고 모든 것을 씹어 삼키기 시작했다.

이것이다.

이것이 황룡문의 최고 절예라고 할 수 있는 황룡무상십이강(黃龍無上十二罡) 중 일룡(一龍)이었다.

용이 육적의 몸에서 긴 울음을 터뜨렸다.

우우우우우—

그리고 황룡이 놈의 등을 박차고 튀어나온다.

우우우우우우—

허공 높게 솟구치는 황룡의 형상. 그것이 자운의 첫 황룡무상십이강의 발현이었다.

황룡난신

우우우우우우우우—

황룡이 길게 울음을 터뜨렸다. 오랜 시간 황룡이 고고하게 자리하고, 자운의 몸이 천천히 허물어진다. 그와 함께 황룡이 자운의 몸을 향해 천천히 기울어져 내린다.

자운이 몸이 무너지는 와중에도 독성을 찾았다. 내기에서 자신이 이겼음을 알리기 위함이다. 하지만 독성은 이미 어디에도 보이지 않는다.

자운이 무릎을 꿇은 상태로 주변을 휙휙 둘러보았다.

독성을 찾기 위함이다. 독성은 어느새 무너진 육적에게로

놀랍게도 그녀의 나이는 무려 여섯 살입니다

가 있었다. 그가 육적의 맥을 살폈다.

그리고는 자운을 향해서 씨익 웃어 보인다.

"아직 살아 있군."

자운이 욕을 흘렸다.

"빌어먹을 영감탱이."

독성이 무엇을 하려는 것인지 눈치챈 것이다. 독성이 자운을 향해 웃고, 그가 손을 뻗었다.

독성의 내력이 담긴 장법이 그대로 육적을 후려쳤다.

그 순간, 육적의 몸이 한 번 펄쩍 뛰어오르며 숨이 끊어진다.

본래 내기는 육적의 숨통을 누가 끊어놓느냐는 것이었다. 그리고 그 숨통을 끊은 것은 독성이 되었다.

자운이 자리에서 벌떡 일어났다.

고통도 잊었다. 어디서 그런 힘이 난 것인지 후들거리는 다리를 이끌고 자운이 독성을 향해서 걸어간다.

"영감, 정말 이러기요?"

독성이 어깨를 으쓱해 보인다. 나는 아무것도 모르겠다는 태도.

"무엇을 말인가?"

"내가 잡았잖소."

"내기는 숨통을 끊어놓는 것이었지."

자운의 미간이 꿈틀 움직였다.

"장사에도 상도가 있는 법인데, 사냥감이랑 먹잇감에 설마 도의가 없는 건 아니겠지?"

혼잣말로 중얼거리는 듯한 태도. 독성이 혼잣말로 맞받아쳤다.

"그렇게 도의를 따질 거면 먼저 약혼을 해야지. 선대의 약속인데 설마 하지 않을까."

"끙."

자운이 말을 말았다. 그리고는 그 자리에 털썩 주저앉았다. 빠르게 지혈을 끝내어 상처에서는 더 이상 피가 흘러나오지 않지만, 그래도 보름 정도는 정양을 해야 움직일 만할 것 같았다.

"아이고, 죽겠다. 남의 문파 지킨다고 죽어라 싸웠더니, 나는 배 째시오."

그 말에 독성이 피식 웃었다.

"치료에 필요한 약재라면 내 모두 섭섭지 않게 제공하지. 그리고 난 자네를 내 손녀사위로 삼을 생각이 없네."

'이놈은 너무 괴물이야. 자칫하다가는 위계질서 찾다가 큰일 나겠어.'

그가 자운의 실력을 보며 말했다.

한 대 맞을지도 모른다.

자운의 실력은 예상하고 있었지만 이건 예상보다 더한 괴물이 아닌가?

지금 당장 몸이 완치되기만 하면 독성 자신과 붙어도 밀린다고 할 수 없는 무위였다.

자운이 털썩 주저앉은 상태로 그게 무슨 말이냐는 듯 독성을 바라보았다.

"그것 무슨 헛소리요, 영감?"

"말하는 꼬라지 하고는. 내가 손녀사위로 삼을 것은 자네가 아니라……."

독성이 고개를 돌렸다. 그의 시선이 향하는 곳에는 우천과 운산이 서 있었다.

독성이 손을 들어 운산을 지목했다.

"내 손녀사위가 될 사람은 바로 저 아이네."

'이놈은 손녀사위로 너무 위험하지. 암, 그렇고말고.'

그가 고개를 끄덕이며 한마디를 덧붙였다.

"자네 입으로 분명히 말했지? 저 아이가 황룡문의 문주라고."

자운이 고개를 끄덕이며 그 자리에 벌렁 드러누웠다.

"젠장. 마음대로 하쇼., 영감."

자운의 몸이 그 자리에서 허물어졌다.

* * *

 자운이 일어난 것은 삼 일이 지난 후였다. 자운이 천천히 눈을 떴다. 감각을 되찾은 그에게 가장 먼저 엄습한 것은 욱신거리며 밀려오는 고통이었다.

 온몸의 뼈와 근육이 비명을 지른다. 오랜만에 몸을 무리시킨 대가를 받고 있는 것이다.

 자리에서 천천히 일어난 자운이 자신의 몸을 이리저리 주물렀다.

 "아아, 나도 아직 수련이 부족하네."

 새삼 실감했다. 고작 이 정도에 근육통이 밀려오다니. 하지만 그것은 어디까지나 자운의 생각이었다.

 다른 이들이 봤다면 경악했을 터다. 그 정도로 자운의 회복력은 대단했다. 마치 선천지기가 남들의 배는 되는 사람인 듯하다.

 자운이 이리저리 몸을 움직이자 몸에서 뚜둑 하는 소리가 울리며 근육과 뼈가 제자리를 찾았다.

 자운이 그렇게 한참을 침상 위에서 몸을 움직이고 있을 때, 방문이 열리며 우천과 운산이 들어왔다. 그들이 깨어나 있는 자운을 바라보며 반색한다.

 "대사형, 살아나셨군요!"

자운이 단박에 우천의 머리를 쥐어박았다.
"그럼 죽을 줄 알았냐?"
우천이 고개를 절레절레 흔들고, 자운이 운산을 바라보았다.
"그래, 넌 좀 어떠냐?"
자운의 말에 운산이 고개를 푸욱 숙였다.
"죽을 맛입니다."
"왜, 문제라도 있어?"
운산이 아무런 말도 하지 않자 자운이 운산을 툭 때렸다.
"왜, 제갈가의 계집이라도 생각나는 거냐?"
그 순간 운산이 자리에서 펄쩍 뛰며 일어난다.
"그런 게 아닙니다. 절대로 그런 게 아닙니다."
자운이 씨익 웃었다.
"아니면 아닌 거지 뭘 그렇게 놀라냐? 그래, 문제가 뭐야?"
"사형은 독성의 손녀가 몇 살인지 알고 계십니까?"
자운이 고개를 절레절레 흔들었다.
"아니, 몰라. 말했잖아. 나 하나도 모른다고."
그렇다. 자운은 무려 십오 년을 폐관에 들어 있었다고 운산과 우천을 알고 있다. 실제로는 그것보다 훨씬 길지만 아무래도 좋다.
대충 지금의 무림 상황을 모른다는 것만은 변하지 않는 사실이니까 말이다.

운산이 한숨을 포옥 내쉬었다

"놀라지 마십시오."

자운이 고개를 끄덕였다.

"어. 안 놀랄게."

"놀랍게도 그녀는 무려 여섯 살입니다."

자운은 놀라지 않았다. 대신 자리에서 벌떡 일어나며 소리쳤다.

"뭐? 시발!"

운산의 나이 올해로 스물셋. 무려 열일곱이나 적은 소녀를 약혼녀로 맞아들이는 절체절명의 위기에 처하게 되었다.

자운이 시발이라고 외치는 것을 보고 운산 역시 고개를 푸옥 숙였다.

"아아, 시발."

"내 이놈의 영감, 코털을 다 뽑아버리든가 해야지."

자운이 성치도 않은 몸을 이끌고 독성을 찾았다. 물론 찾아가는 도중에 이를 뿌득뿌득 가는 것을 잊지 않았다. 그런 자운의 뒤를 운산과 우천이 쫓았다.

우천이 생각해도 그건 말이 되지 않았다. 여섯 살짜리 꼬맹이와 약혼이라니? 이건 무림 사상 유례가 없는 일이다.

찾아보면 몇 있을지도 모르나, 그래도 없을 가능성이 더 높았다. 아마도 이 소문이 무림으로 퍼져 나가게 된다면 운산은 변태검객, 혹은 변태문주라는 무림명을 가지게 될지도 모른다.

자운이 씩씩거렸다.

어디서 들이댈 것이 없어서 여섯 살짜리 꼬맹이를 운산에게 들이댄다는 말인가.

그것은 말도 되지 않는 일이었다.

자운이 독성의 방을 벌컥 열었다. 자운이 당가에 베푼 은혜가 있었기에 그를 제지하는 인물은 아무도 없었다.

대신 모두 그를 향해서 고개를 숙여 꾸벅 인사를 했다.

기분이 나빠 죽겠는데 옆에서는 존경과 감사가 어린 눈으로 인사를 한다. 뒤집어 버리고 싶은데 화를 낼 수도 없다.

화가 머리끝까지 치솟는다.

"아, 젠장."

모든 것은 전부 독성 때문이다.

자운이 화를 가득 담고 독성의 방문을 벌컥 열었다.

"이봐, 영감, 내가 지금 엄청난 소리를 들은 것 같아."

자운이 문을 열며 소리쳤다. 한데 안에서는 자운이 기대하던 소리와는 전혀 다른 소리가 들려왔다.

아이가 까르르 웃는 소리.

분명 어린 꼬마가 재롱을 피우는 소리였다. 자운이 눈을 동그랗게 뜨고 꼬마를 바라보았다.

양쪽으로 머리를 틀어서 귀엽게 말아 올린 꼬마. 꼬마가 자운을 보며 손가락으로 꾹 짚었다.

"할아버지, 저게 내 가가(可呵)야?"

자운의 얼굴이 대번에 딱딱하게 굳었다. 그리고는 곧 큰 웃음을 터뜨린다.

"푸하하하하하하!"

화가 나서 달려왔는데, 막상 생각해 보니 웃긴 것이다. 여섯 살이라니? 운산의 약혼녀가 여섯 살이라니…….

자운이 그 자리에서 허물어지며 배를 잡고 굴렀다.

"으하하하하! 푸하하하하하! 으하! 으하! 아이고, 배야!"

자운이 웃음을 터뜨리자 운산의 얼굴이 그야말로 죽을상이 되었다.

독성의 품에서 소녀가 자운을 보며 말했다.

"할아버지, 저거 이상해."

"허허, 원래 이상한 놈이란다."

자운이 자리에서 벌떡 일어났다.

"빌어먹을."

자운이 손을 뻗어 운산의 옷자락을 움켜쥐었다.

"네 가가는 내가 아니라 이놈이야, 이놈."

놀랍게도 그녀의 나이는 무려 여섯 살입니다

자운이 그를 뻥 밀었다. 운산이 자운에게 떠밀려 자신의 앞으로 다가오자 아이 역시 독성의 품에서 빠져나와 운산에게로 걸어갔다.

"영감, 손녀 이름이 뭐요?"

자운이 아직도 웃음을 숨기지 못하고 히죽거리며 물었다.

독성이 자부심이 한껏 가득 찬 목소리로 말한다.

"내가 직접 지어줬지. 우리 손녀의 이름은 당소미라네."

독성이 손녀의 이름을 자랑하는 동안 당소미는 어느새 운산의 앞에 서 있었다.

"네, 네가 당소미구나."

운산이 어쩔 줄 모르며 손을 들어 당소미의 머리를 쓰다듬었다.

이제 여섯 살. 키는 운산의 허리에도 미치지 못한다.

운산이 머리를 쓰다듬어 주자 당소미가 고개를 숙이며 말했다.

"기분 좋아."

그런 소미를 향해 운산은 아무런 말도 해줄 수 없었다.

그리고 당소미가 마지막 결정타를 운산에게 먹였다.

"우리 가가라서 그런가?"

고개를 갸웃하며 말하는 그녀의 모습이 어찌 그리도 앙증맞은지, 독성은 자신의 손녀가 예뻐서 어쩔 줄 몰랐고, 자운은 그 자리에서 포복절도했다.

"푸하하하하하! 으하, 으히하하하하하!"

그리고 웃음을 참던 우천마저 웃음을 터뜨렸다.

"푸훗."

그중에 유일하게 울상이 된 이가 있었으니 바로 운산이었다.

'아아, 젠장.'

"키워."

자운이 운산을 보고 한 말이었다. 운산이 자리에서 벌떡 일어나며 물었다.

"예? 그게 무슨 말씀이십니까?"

자운이 자신의 허리춤에 있는 황룡신검을 보이며 말한다.

"키우라고. 말 못 알아들어?"

키우라니? 키우라니!

이제 여섯 살 난 아이를 키우라고? 그러니까, 이제 여섯 살이 된 자신의 약혼녀를 운산 스스로 키우라는 말이었다.

지금 이게 말이 되는 소린가?

"제가 잘못 들은 거죠?"

자운이 고개를 절레절레 흔들며 확실하게 부정했다.

"아니. 제대로 들은 거야."

놀랍게도 그녀의 나이는 무려 여섯 살입니다

그리고 한마디를 더 강조했다.
"삼처 사첩을 두든 상관하지 않을 테니 그 꼬맹이 확실하게 키워서 잡아먹어."
운산에게 있어서는 청천벽력과도 같은 소리였다.
키워서 잡아먹으라니, 운산은 그날 태어나서 처음으로 하늘을 저주했다.
'아아아아아!'

당가와의 일은 어떻게든 해결되었다. 아직까지 약혼녀라는 운산의 문제가 남아 있기는 하지만, 당소미가 운산에게 당돌하게도 이렇게 말했다고 한다.

"십 년만 기다려요."

그리고 거기에 덧붙였다고 한다.

"정부인 자리는 무조건 내 거예요. 그리고 머리 쓰다듬어 주세요, 가가."

운산으로서는 어찌할 방도를 찾지 못하고 그녀의 머리를 쓰다듬어 주고 약조를 하는 수밖에 없었다.

약조를 하지 않으면 그 자리에 퍼질러 앉아서 울 것만 같았기 때문이다.

그랬다가는 언제 어디서 독성에게 암살당하거나 독살 당할지 모른다.

생명에 위협을 느낀 운산으로서는 고개를 끄덕이는 것 말고는 달리 방법이 없었다.

* * *

그들이 황룡문으로 돌아온 지 칠 주야쯤 지났을 때, 황룡문에 손님이 찾아왔다.

누군가가 황룡문의 정문을 박차고 들어왔다.

"으라얏차!"

호쾌하게 정문을 박차고 들어오는 준수한 공자, 화려하게 차려입은 옷이나 꾸민 모습을 보면 분명 돈이 좀 있는 집안의 자제임이 분명했다.

그가 황룡문의 정문을 발로 차는 것을 확인한 순간, 자운의 주먹이 그에게로 날아들었다.

"이게 돌았나? 왜 남의 문파 정문을 부수냐!"

퍼억.

단번에 황룡문으로 들어온 이가 자운의 주먹에 맞고 나가

놀랍게도 그녀의 나이는 무려 여섯 살입니다 277

떨어졌다.

"으아아아악!"

그가 비명을 지른다.

자운이 그대로 달려가 놈을 발로 뻥 차버렸다.

"캐액!"

자운의 발길질이 어디 평범한 발길질이던가. 새로 맞춘 황룡문의 정문을 박살 낸 놈에게 사심을 듬뿍 담아 차준 발길질이다.

절대로 평범할 리가 없다.

발길질 한 방에 사내가 다시 정문 밖으로 날아갔다.

그리고 그런 사내를 누군가가 단번에 낚아채었다.

"헐헐헐! 요놈 잡았다!"

황룡문의 지붕에 내려서는 괴인. 그의 품에는 방금 전 황룡문의 정문을 박살 낸 사내가 들려 있었다.

자운과 괴인의 눈이 마주쳤다.

괴인이 자운을 바라보며 헛바람을 들이쉰다.

"허업!"

자운이 대번에 그를 향해 전음을 보내었다.

[너냐? 그놈은 또 누구냐?]

괴인은 바로 괴걸왕이었다. 자운이 괴걸왕의 품에 있는 청년을 손가락으로 가리키며 물었다.

[허업! 서, 선배님!]

[됐고, 지금 그놈이 황룡문의 정문을 박살 냈거든? 어떻게 할 건지 좀 물어봐라.]

괴걸왕이 부리부리한 눈을 뜨며 자신의 제자를 노려보았다. 자질이 보여서 데려다가 거지로 키웠더니, 뭐?

황룡문의 정문을 부쉈단다.

그가 제자의 머리를 후려쳤다.

따악―

"으악!"

청년이 비명을 질렀다. 청년의 정체는 바로 소걸왕(小乞王) 공야후. 현 개방 방주의 사제 되는 이로서 말 그대로 괴걸왕의 제자였다.

"왜 그러십니까, 사부님?"

그가 괴걸왕의 품에서 내려서며 말했다.

"이놈아, 도망을 가려면 좀 곱게 갈 것이지 이제는 남의 문파 정문을 박살 내고 가냐!"

그가 공야후를 향해 소리쳤다. 공야후가 괴걸왕에게 얻어맞은 자리가 아픈지 슥슥 문지르며 품속에 손을 넣었다.

"에잇, 그거야 물어주면 되잖아요."

그가 품속에서 돈을 꺼내 자운에게로 건넨다.

"그거 참 미안하게 되었수."

놀랍게도 그녀의 나이는 무려 여섯 살입니다

그 순간, 쾅 하는 소리와 함께 공야후의 머리가 바닥에 닿았다. 뒤에서 괴걸왕이 찍어 누른 것이다.

"이 미친놈아, 넌 거지야, 거지! 아이고, 돌겠다. 거지가 돈이 어디 있냐? 그냥 잘못했다고 빌어! 싹수가 보여서 제자로 받았더니 이게 아주 거지를 안 하려고 하네."

자운이 물끄러미 두 사제를 내려다보며 말했다.

자운의 손가락이 공야후 쪽으로 향한다.

"그러니까 그 말은, 지금 이게 거지?"

괴걸왕이 고개를 끄덕였다.

"헐헐. 정확하게 말하면 거지가 되어야 할 놈."

지금은 사석이 아니기에 자운이 낮추어져야 한다. 괴걸왕이 자운을 향해서 하대를 했다. 자운이 고개를 끄덕이며 소걸왕의 이모저모를 살펴본다.

"왜 그러시오? 본 공자가 너무 잘생겨서… 캐액!"

자운이 놈을 그대로 냅다 발로 차버렸다. 변변찮은 반항 한 번 해보지 못하고 날아가 처박히는 공야후. 그의 품에서 돈주머니가 떨어져 내린다.

자운이 손을 뻗어 그것을 낚아챘다.

"일단 이건 내가 챙기고. 그것보다 저게 도대체 어디가 거지라는 거지?"

얼굴은 준수하다. 미공자라고 말하기는 뭣하지만, 최소한 어느 집안 공자라고 말할 수준은 된다. 또한 입고 있는 옷은 깨끗하며 고급이었다.

머리는 정돈하여 영웅건으로 단정하게 묶었으며, 신발은 가죽으로 만든 고급품이다.

수염은 잘 깎아 지저분하지 않고, 잘 씻은 것인지 몸에서 악취도 풍기지 않는다.

그야말로 전형적인 개방도의 정반대였다. 그런데 괴걸왕은 이놈을 지금 거지라고 주장하는 것이다.

자운이 고개를 갸웃하며 다시 놈을 발로 찼다.

"캐액! 이게 도대체 무슨……"

"도대체 이게 어딜 봐서 거지야?"

자운의 발길질이 공야후 위로 떨어져 내린다. 비가 내리듯 쏟아지는 발길질. 자운의 발길질에는 사심이 아주 많이 담겨 있었다.

'감히 새로 맞춘 정문을 박살 내?'

돈은 돈이고 사심은 사심이다. 자운의 발길질은 그 후로 반각 가량 이어졌다.

괴걸왕은 그런 자운을 보며 뒤에서 좋아라 박수를 치고 있었다.

"옳지, 옳지! 좋구나, 내 제자야. 드디어 거지꼴이 되어가는구나."

제자가 맞는 것이 기분 나쁘기보다는 거지꼴이 되어간다는 사실이 기분 좋은 괴걸왕이었다.

 자운이 괴걸왕을 향해 정중하게 말했다.

 "이제야 좀 거지꼴 같네요."

 괴걸왕이 맞장구치며 손뼉을 쳤다. 그가 웃어 보인다.

 "헐헐헐헐. 그렇구만, 천… 문주."

 자운이 그의 말을 수정해 주었다.

 "이제 전 태상호법입니다. 제 사제 놈이 문주가 되었지요."

 물론 여섯 살짜리를 키워서 잡아먹는 대가로 물려받은 아주 명예로운 문주 직이었다. 이 소리를 운산이 들었다면 발작했을 것이나 다행히 운산은 그 말을 듣지 못했다.

 "흠흠. 천 호법이라고 부르면 되겠나?"

 어딘지 모르게 조심스러운 태도. 자운이 고개를 끄덕였다.

 수락의 의미. 그러자 그가 활짝 웃어 보이며 자운에게 신세 한탄을 시작한다.

 "말년에 제자라고 하나 더 얻었는데, 이놈이 아주 자기 멋대로지 뭔가. 헐헐."

 그가 이제야 좀 거지다운 모습을 하고 있는 자신의 제자를 발로 툭툭 차며 말을 이어나갔다.

 자운의 발길질에 맞아 그대로 기절한 공야후가 꿈틀꿈틀

거렸다.

"흘흘. 뭐라너라. 나는 개방의 무공을 알려준다고 해서 따라왔지 거지가 되려고 온 게 아니라고? 내 돈으로 좋은 거 사고 좋은 옷 입는데 도대체 무슨 상관이냐고 했던가?"

까놓고 말해서 틀린 생각은 아니지만 거지다운 생각도 아니었다.

"그래서 내가 이놈 옷을 벗겨서 거지로 만들어주겠다고 했더니 나만 보면 죽자 살자 도망을 간다네. 그거 때문인지 이놈 경공 실력 하나만큼은 제 사형보다 더 뛰어나."

공야후의 사형이라면 현 개방의 방주를 말하는 것이다.

한데 그보다 경공 실력이 더 뛰어나다고?

아마도 그보다 경공 실력이 뛰어난 이는 천하에 그리 많지는 않을 것이라는 생각이 들었다.

자운과 괴걸왕이 한참 이야기를 나누고 있을 때였다.

공야후가 정신을 차린 것인지 몸을 격하게 꿈틀거리며 제 스승의 눈치를 보기 시작한다.

도망갈 틈을 찾는 것이다.

그리고 한순간, 공야후의 몸이 높게 치솟았다. 틈을 발견하고는 대번에 내빼는 것. 괴걸왕이 자기 제자가 내빼는 것을 보고 비명을 질렀다.

"흐허허허허헐! 저놈이 또 내빼다니! 넌 잡히면 옷 다 벗고

놀랍게도 그녀의 나이는 무려 여섯 살입니다 283

나랑 같이 구걸하러 다닐 줄 알아라!"
 저 멀리서 공야후가 외치는 소리가 들려온다.
 "흥! 내가 쉽게 잡힐 줄 압니까?!"
 공야후의 뒤를 쫓아서 괴걸왕이 질주했다.
 멀어지는 공야후와 괴걸왕을 보며 자운이 중얼거렸다.
 "그래서 결국 여기는 왜 온 건데?"
 끝까지 알 수 없는 의문이었다.

*　　　*　　　*

"육적이 죽었다고?"
 미성의 목소리가 울렸다. 목소리는 넓은 제전을 가득 채우며 울린다.
 하늘로 향하는 천장에는 둥근 구멍이 나 있고, 그 위에서 붉은 별빛이 쏟아져 내린다.
 그 하늘을 받치고 있는 듯 솟아 있는 네 개의 기둥.
 그 기둥들은 성인 남성 셋이 팔로 끌어 감싸도 다 감싸지 못할 정도로 거대했다.
 또한 기둥을 뱀이 칭칭 휘감고 있어서 그런 것인지 더욱 기괴한 분위기가 형성되어 있었다.
 일적이 부복하고 있는 자리. 그 위에 천하를 오만하게 내려다보는 눈동자를 가진 이가 있었다. 미성의 목소리답게 얼굴 역시 준수하다. 그리고 젊었다.

선이 굵은 사내. 눈매는 뱀과 같이 날카로웠으면 머리는 잘 정리가 되어 정갈하기 그지없다.

그가 제전의 가장 높은 곳, 태사의에서 일적을 내려다보았다.

일적을 부복시킬 수 있는 자라 하면 분명 적성의 우두머리인 일성(一星)이 분명한데, 어찌 이리 젊은 외모를 유지할 수 있다는 말인가?

정말로 전설 속에 나오는 반로환동이라도 한 것인가?

그렇지 않으면 애초에 저렇게 젊은 나이로 일적을 부복시킬 정도의 무위를 갖추었다는 말인가?

알 수 없는 일이었으나 확실한 것은 그가 모든 붉은 별의 주인이라는 사실이었다.

일적이 고개를 숙이며 침을 꿀꺽했다. 일적이 판단한 지금 주인의 기분은 좋지 못하다. 또한 주인은 잔혹하고 순수하기 그지없어 수하의 목을 치는 것쯤은 우습게 아는 인물이다.

패왕이며 동시에 아이와 같다.

아무것도 모르는 아이에게 모든 것을 벨 수 있는 신검을 넘겨준 것, 그것이 바로 일성의 성격이었다.

"예."

놀랍게도 그녀의 나이는 무려 여섯 살입니다

하지만 거짓을 고할 수는 없는 법. 그가 머리를 땅에 닿을 정도로 숙이면서도 진실을 고했다.

말을 잘못할 경우, 지위 고하를 막론하고 목이 날아갈 것이라는 사실 역시 잘 알고 있다.

하지만 거짓을 고하는 것은 더욱 큰 불충이라는 사실을 일적은 잘 알고 있었다.

그랬기에 숨기지 않고 진실을 고했다. 일적이 뛰어난 것은 무공뿐만이 아니다. 눈치 또한 칠적 중 가장 뛰어났기 때문에 다른 칠적들과 달리 일성을 지근거리에서 모실 수 있는 것이다.

육적이 죽었다는 말에 주인이 노한 것일까?

일적이 슬쩍 고개를 들어 주인의 얼굴을 바라보았다.

'허어.'

심기가 불편할 것이라 생각했던 주인이 미소를 짓고 있다.

놀랍게도 주인은 즐거움을 느끼고 있었던 것이다. 즐거움인가?

그렇지 않으면 호기심인가?

확실한 것은 주인이 흥미로운 것을 발견했음이 틀림없다는 사실이다.

"독성이 그렇게 강했나?"

그의 말에 일적이 고개를 절레절레 흔들었다. 독성은 그렇게까지 강하지는 않다. 육적과 비슷하거나 조금 아래.

독공이라는 특성상 어떤 변수가 있을지는 모르지만 무림에 알려진 무력대로라면 육적에 조금 못 미치는 고수였다.

한데 육적이 독성을 죽이러 가서 죽임을 당했다?

말이 되지 않는다.

일성의 눈썹이 꿈틀 움직였다.

"이봐, 일적. 지금 그게 말이 된다고 생각해?"

일성이 히죽 웃어 보이고, 고개를 더욱 깊이 숙였다.

"합공을 당한 듯합니다."

일성이 손을 아무렇게나 휘둘렀다. 마리 파리 떼를 쫓는 듯한 가벼운 손짓. 그 가벼운 손짓에서 광풍이 일었다.

일진광풍이 제전을 휩쓸고, 거대한 제전을 받치는 기둥이 무너질 듯 휘청거렸다.

"당가의 놈들에게 합공을 당해서 죽었다는 말은 안 하겠지? 응? 벌레는 아무리 많아봐야 벌레잖아."

그의 말에 일성이 침을 꿀꺽 삼키며 고개를 끄덕였다.

"아무리 육적이 칠적 중 거의 말석에 가깝다 하더라도 그렇지는 않습니다."

"그럼, 그럼 누가 죽인 건데?"

일성이 손을 휘저었다. 그의 손으로 방금 전까지 벽을 기어가던 손가락만 한 거미가 딸려 들어왔다.

놀랍게도 그녀의 나이는 무려 여섯 살입니다 287

갑작스럽게 일성의 손으로 빨려들어 간 거미는 처음에는 당황하였으나, 곧 독이 있는 이빨을 보이며 일성을 물기 위해 위협한다.

일성은 전혀 신경 쓰지 않고 거미의 다리를 움켜쥐었다.

뚜욱—

조용했기 때문일까?

거미 다리 부러지는 소리가 유난히도 크게 울리고, 다리와 몸통 사이로 체액이 길게 늘어졌다.

일성은 그 모습을 사뭇 흥미로운 것을 발견한 것처럼 계속해서 바라보았다.

"말해봐. 누구한테 합격당해서 죽은 건지."

일성이 고개를 끄덕인다.

"아무래도 철혈황룡과 독성의 합격을 당한 듯합니다."

철혈황룡, 요 근래 이름을 날리고 있는 신진고수다. 그런데 그가 육적을 쓰러뜨릴 정도로 강했던가?

일성이 그런 눈빛으로 일적을 내려다본다.

뚜둑.

"육적이 익힌 무공이 뭔지는 모르지 않겠지?"

뚜둑.

일적이 고개를 끄덕였다. 죽음이 닥쳐오면 감히 상상도 할 수 없는 힘을 내게 해주는 무공, 광혈신공을 익히지 않았던가.

뚜둑.

광혈신공을 본격적으로 운용하게 되면 독성이라 할지라도 그의 상대가 되지 않을 것이다.

뚜둑.

그런데 죽었다?

뚜둑.

죽을 위기에서는 분명 목숨을 담보로 광혈신공이 움직였을 것이고, 광인이 되어 무공이 상상할 수 없이 강해졌을 것이다.

뚜둑.

그런데 죽었다?

뚜둑.

마침내 모든 거미의 다리가 부러졌다. 체액이 일성의 앞에 길게 늘어져 있고, 거미가 몸통만 남아서는 꿈틀거렸다.

일성이 거미의 다리를 모두 부러뜨리고 만족한 듯 손뼉을 치며 웃었다.

"으하하하! 그래, 그런데도 죽었단 말이지. 그런데도 죽었어."

일적은 아무런 말도 하지 않은 채로 부복한 자세를 유지했다.

일성의 손에 잡힌 거미가 고통에 몸부림치고, 일성이 거미의 머리와 몸통을 각기 움켜쥐었다.

"그래, 이 정도는 되어야 정복하는 맛이 나지. 과연 무림이란 말이지. 무림의 저력은 알 수 없다는 말이지. 역시 재미있네."

그의 손에 움켜쥐어진 거미가 고통스러운지 몸을 비틀었다. 모든 다리가 부러진 상황이라 반항을 할 수는 없으나, 몸을 비트는 것으로 최대한의 반항을 해본다.

하지만 그는 쉬이 놓아주지 않았다.

오히려 더욱 강하게 거미의 머리와 몸통을 움켜쥐었다.

"과연 재미있단 말이지. 무림."

그의 손에 들린 거미의 몸통과 머리가 섬뜩한 소리를 내며 떨어져 나갔다.

뚜둑—

그리고 진득한 체액이 길게 늘어졌다. 그것을 바라보는 일성의 눈이 잔혹하게 빛났다.

"<u>흐흐흐</u>."

* * *

"어디서 오신 분입니까?"

운산이 눈앞에 있는 여자를 바라보며 말했다.

아름다운 여인이나.

얼음과 같이 차가워 보이는 외모에 무표정한 얼굴, 옷은 덥지도 않은지 천산에서나 입을 법한 동물 털로 만든 옷을 입고 있다.

이곳에서 저런 옷을 입으면 더울 법도 한데 전혀 더위를 느끼지 못하는 듯 여인은 태연한 모습이다.

한데 그것이 또 어울려 묘한 분위기를 형성한다. 확실한 것은, 다시 보지 못할 정도로 드문 미녀라는 점이었다.

그녀가 한참을 말없이 있다가 입을 열었다.

얼굴에 올망졸망 자리하고 있는 또렷한 입술이 열린다.

무표정한 얼굴에 한동안 말이 없는 얼굴에서는 백치미까지 느껴진다.

"북쪽."

작은 목소리라 제대로 듣지 못한 운산이 고개를 갸웃했다.

그리고는 다시 묻는다.

"예?"

운산이 다시 물었으나 이번에도 역시 한참 말이 없다. 원래 말이 느린 것일까?

그렇지 않으면 운산과 말을 하기 싫다는 의사 표현일까?

아마도 전자일 것이다.

놀랍게도 그녀의 나이는 무려 여섯 살입니다

조금의 시간이 지나자 무표정한 얼굴에 자리하고 있는 붉은 입술이 열리고, 이전과 같은 말이 흘러나왔다.

이전보다는 조금 더 선명한 소리.

"북쪽."

이번에는 분명히 알아들었다. 북쪽에서 왔다는 말. 운산이 고개를 끄덕였다.

"북쪽에서 오셨군요. 그럼 본 문에는 뭐하러 오신 겁니까?"

운산의 말에 여인이 운산을 바라본다.

청옥을 박아놓은 것처럼 푸른 눈동자, 그 시선이 차갑다 못해 시리기까지 하다.

한데, 저 시린 눈빛을 받아도 전혀 기분이 나쁘지 않다. 특이한 감각이다.

여인이 운산을 바라보자, 운산은 괜히 머쓱해져 고개를 돌렸다.

그런데도 여전히 여인은 아무런 말도 없다.

한참을 운산도 말이 없었고, 여인도 말이 없었다.

곧 여인이 입을 뗐다.

"당신이 아니야."

고개를 흔드는 것일까?

그녀의 목이 움직이다 말았다.

고개를 흔드는 것인지 그렇지 않으면 자연적으로 그렇게
된 것인지는 알 수 없었으니, 운산은 전자라고 생각했다.

정말 분위기가 그러했으니 말이다.

"자운, 자운 오라버니."

운산이 되물었다.

"문주, 아니, 태상호법님 말씀이십니까?"

당가의 일 이후로 자운은 정말로 태상호법이 되어버리고,
운산이 문주가 되었다.

운산은 문주가 되었는데도 아직 실감이 나지 않는지 종종
자운을 문주라고 부르곤 했다.

"오라버니가 태상호법?"

그녀가 고개를 갸웃했다. 이전과는 달리 이번에는 의문이
라는 감정이 확연히 드러났다.

"예. 대사형이 얼마 전에 태상호법이 되었지요."

운산의 말에 그녀가 고개를 끄덕였다. 그리고는 또 한참을
멍하다.

'참 어려운 여인이구나.'

운산이 입맛을 다셨다.

보통 사람이라면 말을 하면 얼굴에 감정이 비치게 마련인
데, 감정을 숨기는 사람이라 할지라도 어느 정도의 감정이 얼
굴에 보이게 마련인데, 이 사람에게는 전혀 감정이 보이지 않

는다.

아무 감정도 없다.

무감각하고 무감정한 얼굴. 그녀가 그 얼굴로 다시 입을 열었다.

"어디 있지?"

그녀의 말에 운산이 자리에서 일어났다.

"잠시만 기다려 주십시오. 지금 대사형을 모시고 오겠습니다."

운산이 방에서 나가고, 얼마나 시간이 지났을까?

적지 않은 시간임이 분명했는데, 그녀는 미동조차 하지 않고 멍하니 자리하고 있었다.

어느 것에도 관심을 두지 않고 어느 것에도 흥미를 보이지 않는다. 관심과 흥미가 전혀 없는 사람 같았다.

과연 저 사람이 사람일까?

인형이 아닐까 하는 생각마저 들게 한다. 사람에게서 모든 감정이 사라지면 저런 모습이 될까?

시간이 조금 더 지나고, 여인이 있는 방 주변이 소란스러워지기 시작했다. 자운의 목소리와 운산의 목소리가 들린다.

"아, 글쎄, 난 찾아올 여자 없다니까 그러네. 네 약혼녀가 찾아온 거 아니야?"

운산이 소리를 빽 질렀다.

"대사형!"

자운이 손을 흔든다.

"알았다, 알았어. 그럼 네 숨겨둔 여인이 찾아왔겠지. 아들은 안 데리고 왔더냐?"

자운이 농을 던지며 문을 여는 순간, 여인이 자리에서 일어났다. 그리고는 자운을 향해 다가간다.

웃으며 실실 농을 던지던 자운의 얼굴도 대번에 굳어버렸다.

그 자리에 못이라도 박힌 듯 멈추어 서버린다.

여인은 자운에게 점점 다가오고, 자운이 딱딱하게 입을 열었다.

"설혜?"

여인이 다가와 자운의 가슴팍에 머리를 기댄다. 그 순간까지 자운은 단 한 걸음도 움직일 수 없었다.

여인이 기습이라도 하려고 했다면 자운은 지금 피를 흘리며 쓰러져 있을 것이다.

하지만 여인은 기습을 하려던 것이 아니다.

단순히 자운의 가슴에 머리를 가져가 대려고 했을 뿐이다.

여인이 머리를 자운의 가슴팍에 기대고 중얼거렸다.

"자운 오라버니."

두 남녀가 이백 년의 시간과 공간을 넘어 서로를 마주했다.

그것도 한쪽은 전혀 예상하지 못한 상황이었고, 다른 한쪽은 세상에 대해서 전혀 알지 못한 채로 말이다.

*　　*　　*

콰과과과!

폭음이 일며 무당산이 한차례 뒤집어졌다. 그 사이에서 반쯤 찢어진 도복을 입은 도사 하나가 모습을 드러낸다.

그가 검을 들며 중얼거렸다.

"무량수불. 칠적께서는 오늘 기어코 이 말코의 목을 거두어갈 셈이시구려."

도복을 입은 도인, 그는 바로 무당의 절대고수인 원검도자(圓劍道子) 태허 진인이었다.

그의 맞은편에는 역시 넝마가 된 옷을 입고 있는 사내가 서 있었다.

중년으로 보이는 나이, 하지만 몸에서 솟구치는 기도가 그의 나이가 훨씬 많음을 말해주고 있었다.

도대체 이 기도는 무엇이라는 말인가?

태허 진인은 칠적을 바라보며 단단한 철벽을 마주하는 것과 같은 느낌을 받았다.

태허 진인의 말에 칠적이 고개를 끄덕였다.

"물론. 웬 누른 지렁이 새끼 하나 때문에 본 별의 계획이 앞당겨지게 되었다. 그러니 탓하려거든 그놈을 탓하라고."

그가 이죽거리며 말했다.

칠적, 그는 적성에서도 단 하나뿐인 금강불괴지신을 완성한 이였다. 어지간한 검강으로는 상처도 생기지 않으며, 또한 내가중수법에도 취약하지 않다.

이미 속까지 강철 이상의 경도로 단단하게 되었기 때문이다. 다른 외공과 다르게도 조문조차 없었다.

그야말로 완전무결한 금강, 그것을 금강불괴지신이라 부른다.

"허허, 황룡문의 천 대협을 말하는 것이라면, 응당 무림을 위해 옳은 일을 한 것이지요."

"글쎄, 너희가 말하는 무림이라는 게 물론 정파의 세상을 말하는 거겠지?"

태허 진인이 웃었다.

"좋은 것이 좋은 것이고 바른 것이 바른 것 아니겠습니까. 무량수불."

그의 말에 칠적이 귀를 후볐다.

"알아듣지도 못할 요상한 소리 지껄이지 말고, 좀 죽어주지?"

"허허, 빈도의 한목숨, 세상에 미련이 있는 것은 아니지만 당신들께서 나타나 미련을 갖게 해주시는군요."

칠적이 주먹을 뻗으며 소리쳤다.

"그러니까 그 미련 곱게 접으라고!!"

금강불괴지신에 이른 신체가 바람을 가르고 원검도자를 향해 쏘아진다. 진인의 검이 원을 그렸다.

그리는 것은 태극(太極).

돌고 돌아 결국에 도달하는 것은 태극이다. 여러 개의 원이 생겨나고, 원이 칠적의 주먹에 담긴 힘을 이리저리 분산시켰다.

콰과과과과—

분산시켰음에도 불구하고 여러 방향으로 쏘아진 칠적의 힘은 그 부분의 땅을 뒤집어놓는다.

초목이 뒤집어지고, 산의 이름 모를 풀들이 사방팔방으로 비산했다.

"무량수불."

자신의 공격이 이번에도 무위로 돌아가자 칠적이 다시 주먹을 뻗었다.

태극과 힘의 충돌. 칠적이 펼치는 것은 극강에 다른 패도 일변도였고, 거기에 대응하는 태허 진인은 유능제강의 묘로써 칠적을 대했다.

끝이 나지 않을 듯한 대결이 계속해서 이어지고, 무당산이

계속해서 뒤집어졌다

다른 무당파의 고수들이 놀라 달려왔으나, 그들로서는 감히 끼어들 수 있는 싸움이 아니었다.

그 자리에 못 박힌 듯 서서 공격을 날리는 칠적과 역시 그 자리에 못 박힌 듯 서서 원을 그리는 태허 진인. 공격이 사방으로 날아들어 다른 무당의 제자들은 감히 접근조차 하지 못한다.

무당의 장문인마저 이십여 장 이상의 거리에 떨어져 있을 정도였다.

십오 장 안의 거리에 들어간다면 그라도 견뎌내지 못하고 휩쓸릴 것이다.

안전하게 버텨내기 위해서는 이십여 장의 거리가 가장 적당했다.

무당의 장문인이 침을 꿀꺽 삼켰다.

끝이 보이지 않을 듯한 싸움. 그 싸움이 얼마나 이어졌을까?

서서히 승기를 잡아가는 쪽은 태허 진인이었다.

두 시진이나 이어진 공방 끝에 칠적의 금강불괴가 조금씩 무너지고 있었던 것. 금강불괴라고 하더라도 절대 무적은 아니다.

물방울이 한 점으로 몇 천 년을 떨어져 내려 바위를 깎아내는 것과 같은 힘의 집약. 작은 힘이라도 한 점에 집약하게 되면 마침내 금강불괴도 무너지게 되는 법이다.

태허 진인이 선택한 방법이 바로 그것이었다.

"크으으으."

칠적이 걸음을 뒤로 물러섰다. 이대로는 승산이 보이지 않는 것이다.

또한, 금강불괴가 무너지고 있으니 언제 태허 진인의 손에 목숨을 잃을지 모르는 일이다.

칠적이 걸음을 뒤로 훌쩍 날리며 물러섰다.

"오늘은 그쪽이 이긴 것으로 해두지."

그가 물러섰으나 태허 진인은 그를 곱게 보내줄 생각이 없었다.

오랜 인고의 시간을 거쳐서 잡은 승기다. 오늘 이대로 보내준다면 다시 언제 승기를 잡을 지 알 수 없다.

"허허. 그대는 무림의 안위를 위해 오늘 이 자리를 떠나지 못할 것이외다."

태허 진인의 발에서 무당의 보법인 연청십팔비(燕靑十八飛)가 펼쳐졌다.

그의 몸이 훨훨 날 듯 칠적의 앞에 떨어지고, 태허 진인이 손을 뻗었다.

무당에서 자랑하는 조공 호조수(虎爪手)가 펼쳐졌다.

건곤구공의 묘리에 의해서 펼쳐지는 호조수는 야산의 성성이와 같이 민첩히고 기기묘묘했다.

또한 단련된 손가락의 힘은 절대로 약한 것이 아니었다. 태허 진인의 손이 칠적의 옷자락을 움켜쥐고 그대로 주먹을 뻗었다.

쩌엉―

극한으로 집약된 힘이 칠적의 몸을 후려쳤다.

칠적의 몸이 훨훨 날아 뒤로 나가떨어진다. 그 힘을 그대로 이용한 칠적이 그대로 자리에서 내뺐다.

"오늘은 네 승리지만 내가 다시 왔을 때 그날은 무당이 무림에서 사라지는 날이 될 것이다!"

그가 내빼며 소리쳤고, 태허 진인은 아무런 말을 하지 않고 그 자리에 서 있었다.

이윽고 태허 진인의 기감에서 칠적이 완전히 사라졌을 때 태허 진인이 입안에 가득 담고 있던 피를 토해내었다.

주르륵―

도복이 붉은 피로 적셔지고, 그런 그를 향해 무당의 제자들이 달려왔다.

"사부님!"

"사조!"

무당의 모습이 눈에 들어온다. 태허 진인이 지켜낸 무당이다.

 마지막 순간, 공격을 가하는 순간에 태허 진인은 역공을 당해 내상을 입었다.

 이 자리에서 칠적을 끝내야 한다는 조급함이 만들어낸 빈틈이었고, 칠적은 그것을 파고들었다.

 칠적 역시 적지 않은 내상을 입었을 것이다. 당분간은 무당을 걱정하지 않아도 될 터. 태허 진인의 눈에 비치는 모습이 조금씩 흐릿해졌다.

 '허허, 내 몸이 완치될 때까지 아무런 일도 없어야 할 텐데……'

 그 생각을 끝으로 태허 진인의 몸이 무너져 내렸다.

『황룡난신』 제3권에 계속…

Book Publishing CHUNGEORAM

가즈 나이트 R

이경영 판타지 장편 소설

이제는 그 전설조차 희미해진 옛 신계, 아스가르드.
그 멸망한 신계의 전사가 새로운 사명을 품고 다시금 인간들의 곁으로 내려온다.

렘런트라는 이름의 적들, 되살아나는 과거,
그리고 가치관의 차이.
그 모든 것들과 맞서 싸우려는 그녀 앞에 신은 단 한 사람의 전우를 내려준다.

그는 붉은 장발의, R의 이름을 가진 남자였다!

**초대작 「가즈 나이트」의 부활!
신의 전사들의 새로운 싸움이 지금 시작된다!**

Book Publishing CHUNGEORAM 유행이 아닌 자유추구-
WWW.chungeoram.com

김현석 현대 판타지 소설

전능의 팔찌

THE OMNIPOTENT BRACELET

「신화창조」의 작가 김현석이 그려내는
새로운 판타지 세상이 현대에 도래한다!

삼류대학 수학과 출신, 김현수
낙하산을 타고 국내 굴지의 대기업 천지건설(주)에 입사하다!

상사의 등쌀에 못 견뎌 떠난 산행에서, 대마법사 멀린과의 인연이 이어지고……

어떻게 잡은 직장인데 그만둘 수 있으랴!

전능의 팔찌가 현수를 승승장구의 길로 이끈다!

통쾌함과 즐거움을 버무린 색다른 재미!
지.구.유.일.의 마법사 김현수의 성공신화 창조기!

Book Publishing CHUNGEORAM

유행이 아닌 자유추구 -
WWW.chungeoram.com

촌부 新무협 판타지 소설
FANTASTIC ORIENTAL HEROES

『우화등선』, 『화공도담』의 뒤를 잇는
작가 촌부의 또 하나의 도가 무협!

무림맹주(武林盟主), 아미파(峨嵋派) 장문인(掌門人),
군문제일검(軍門第一劍), 남궁세가(南宮勢家)의 안주인.

그들을 키워낸 어머니-
진무신모(眞武神母) 유월향(柳月香)!

어느 날, 그녀가 실종되는데…….

"하, 할머니는 누구세요?"

무한삼진의 고아, 소량(少兩)에게 찾아온 기이한 인연.

세상과 함께 호흡을 나눌 수 있다면[天地同息]
천하의 이치를 모두 얻으리라[天下之理得]!

이제, 천하제일인과 그녀가 길러낸
마지막 자손의 이야기가 펼쳐진다!

Book Publishing CHUNGEORAM
WWW.chungeoram.com

소드 슬레이어

류연 판타지 장편 소설

FANTASY FRONTIER SPIRIT

그날로 돌아간 그 순간부터 입버릇처럼 붙은 한마디.
"생각해라, 아서 란펠지."

귀족 반란에 휘말린 채 죽어야 했던 기사, 아서 란펠지.
600년 전 마룡 카브라로 인해 봉인당한 세 용사의 영혼.
버려진 이름없는 신전에서 그들이 만났을 때
운명은 또 다른 전설의 서막을 알렸다!

소드 슬레이어!

힘없이 죽어간 모든 인연들을 위하여
무력하고 허망했던 어제를 딛고
멈추지 않는 오늘을 달려 내일을 잡아라!

위선에 가득찬 검들을 향해
여섯 번째 마나 소드, 에스카룬의 검이 질주한다!

Book Publishing CHUNGEORAM

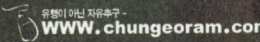
유행이 아닌 자유추구 -
WWW.chungeoram.com

홀로션별 판타지 장편소설

DEMON
FANTASY FRONTIER SPIRIT

제일좌

BLOOD

성마대전, 그로부터 20년…
암흑은 스러지고 빛이 찾아왔다.
세상은… 그렇게 평화로워질 것만 같았다.

전설의 블랙 울프를 다루는 영악한 소년 마로.
하루하루 강도 높은 훈련을 받으며
숙연의 500골드를 달성한 그날!
세상은, 신성(新星)을 맞이한다!

『기적』의 뒤를 잇는
홀로션별 작가의 또다른 이야기
『제일좌』

어둠을 뚫고 솟을 빛이여,
하늘의 제일좌가 되어라!

Book Publishing CHUNGEORAM

유행이 아닌 자유추구
WWW.chungeoram.com

2011년 대미를 장식할
준.비.된. 작가 정민교의 신무협이 온다!
『낭인무사(浪人武士)』

"죄수 번호 사천이백삼, 담운!"
"……!"
"출옥이다."

만두 하나.
고작 그 하나에 이십 년 옥살이를 한 소년, 담운.
그 답답하고 억울한 마음을 풀어낸다!

무림맹! 구대문파! 명문세가!
겉만 번지르르한 놈들은 다 사라져라!
겉과 속이 다른 너희들을 심판하러 내가 왔다!

Book Publishing CHUNGEORAM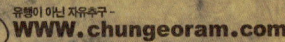